선명한 사랑

일러두기 ────────────────────────────────

본문 속에는 고유한 입말을 살리기 위해 구어체를
그대로 실은 부분이 있습니다.

선명한 사랑

고수리 산문집

유유히+

사랑이라는 걸 선명히 알아

"수리야. 사람을 사랑해라. 이해 못 할 사람은 없다. 세상엔 지푸라기라도 잡고 싶은데 지푸라기조차 안 잡히는 사람도 있어. 어디서부터 어떻게 해봐야 할지 몰라 안간힘을 쓰는데도, 지푸라기 하나 못 잡아 우는 삶도 있다. 그렇게 안 살아본 사람은 하나도 모른다. 하나도 몰라도 애써 아는 척 이해하는 척일랑 그런 때 필요한 거야. 사람 앞에 겸허해라. 사람을 이해하려고 노력해야 해. 사람을 사랑해라."

진눈깨비 내리던 겨울, 거리에서 엄마의 전화를 받았다. 지푸라기 같은 진눈깨비 추적추적 내리는데 눈앞에 고스란히 맞으며 걸어가는 사람들이 보였다. 그리고 전화기 너머 엄마의 목소리. 춥고 축축하고 흐린 세상이 이토록 아름다워 보이는 이유는 뭘까. 나도 사람들 틈에 섞여서 같이 진눈깨비를 맞고 싶었다. 하나도 모르는 사람들이라도 이해해보고 싶었다. 사랑해보고 싶었다. 엄마는 평생 이런 마음을 나에게 일러주었지. 나는 조용히 대답했다. 응, 그렇게.

계절을 돌아 다시 초겨울, 책을 마무리할 즈음에 지독한 감기로 아팠다. 한참 앓다가 깨어난 새벽, 잠이 오지 않아 따뜻한 모과차를 마시며 노래를 들었다. 이 책을 만들며 가장 많이 들었던 노래, 나이트오프의 「그러나 우리가 사랑으로」. 우린 아직 서로를 다 모르지만, 가야 할 길은 더 멀지만, 더 먼 길을 돌아가야 할지도 모르지만. 그러나 우리가 사랑으로. 속삭이는 노래를 들으며 책 속 등장인물들을 만나보았다. 가족들은 곤히 잠들어 있었다. 잠든 얼굴들을 지켜보다가 헝클어진 이불을 끌어 덮어주었다. 눈에 보이지도 손에 만져지지도 않지만, 내가 아는 사랑은 이런 것. 아무 걱정하지 말고 잘 자라고 이불을 덮어주는 마음. 짙은 어둠도 이불처럼 같이 덮자는 위로와 하룻밤 자고 나면 괜찮아질 거라는 기도 같은 것. 나도 가족들 곁에 누워 이불을 덮고 잠이 들었다. 이런 마음으로 쓰고 엮은 글들이 여기 담겨 있다.

책에는 2021년 3월부터 동아일보에 연재 중인 칼럼 「관계의 재발견」 원고 중 일부를 엮어 퇴고해 실었다. 두 칼럼이 하나의 이야기가 되기도 하고 다른 글로 연결이 되기도 했다. 팬데믹으로 사회적 거리 두기가 시작되던 시기에 연재를 시작했다. 신문 귀퉁이에 조그맣게 실리는 지면을 어떤 글로 채울까 고민했다. 모쪼록 힘이 나는 따스한 이야기로. 나날이 아프고 슬픈 소식들이 넘쳐나지만 한 줌의 햇볕 같은 이야기를 전하고픈 바람으로 글을 썼다. 3년째 작가를 믿고 귀한 지면을 맡겨준 신문사에 감사드린다.

독립해서 출판사 유유히를 세운 이지은 편집자와 함께 책을 만들었다. 원고를 주고받을 때마다 원고 귀퉁이에 짤막한 편집자의 말이 적혀 있었다. "작가님의 글을 읽으면 사랑이 반드시 이길 거야, 사랑이 크다고 믿게 돼요. 작가님의 묵묵한 걸음을 뒤에서 따라 걷고 있는 사람이 여기 있다고 꼭 이야기해드리고 싶었어요." 귀한 마음을 읽으며 책을 만들었다. 묵묵한 초심과 견고한 우정을 이지은 편집자에게 배웠다. 친애하는 나의 편집자와 오래도록 나란히 걷고 싶다.

그리고 엄마. 나는 엄마의 사랑으로 자랐다. 엄마 이야기를 많이 쓰면서도 엄마의 이름을 언급하지 않은 건, 엄마가 그냥 엄마라는 익명 속에서 자유롭길 바라기 때문이다. 작가가 된 후 내내 엄마 이야기를 써왔지만, 정작 엄마 주위엔 딸이 작가라는 걸 아는 사람이 별로 없다. 엄마가 자랑하지 않았기 때문에. 나의 엄마는 언제나 자신을 낮추고 비우라고 말한다. 묵묵히 더 좋은 글 쓰라고 말한다.

그래서 오늘도 쓴다. 어제의 배움, 오늘의 할 일, 그리고 내일의 다짐. 선명하게 사랑하기. 내가 받은 사랑들이 가르쳐주었다. 사람을 사랑하라고. 사람을 어떻게 사랑해야 할까. 그늘진 자리마다 잠시나마 비치는 조그마한 볕, 그렇게 보살피는 품. 나를 살게 한 따뜻한 기운. 나는 이제 그런 게 사랑이란 걸 선명히 안다. 글을 쓸 때는 '사랑'이란 단어도 진부하고 '따뜻하다'는 표현도 평범하다. 그리고 나는 그런 이야기를 쓰는 작가이다. 그러나 변함없다. 평생 글을 쓸 수 있는 한, 조금이나마 따뜻한 글을 쓰고 싶다. 내가 받았던 사랑을 담아.

2023년 초겨울

고수리

1부 모쪼록 힘이 나는 씩씩한 인사로

2부 잘 헤어지지 못하는 사람의 사랑

3부   사랑은 무던히도 애쓰는 일이더라

4부 따뜻해지려는 우리의 모든 시도

모쪼록

힘이 나는

씩씩한

인사로

나의 살던 동네는

　구도시와 신도시를 구분하는 방법은 하늘이랬다. 하늘을 올려다봤을 때 전깃줄이 얽혀 있으면 구도시. 요즘 신도시는 전선 지중화로 땅에 전깃줄을 매립해서 하늘이 깨끗하게 보인단다.

　하늘을 올려다보면 전깃줄이 얽히고설킨 오래된 동네에 10년째 살고 있다. 낡고 흉물스럽고 위험하기도 하다지만 전봇대와 전깃줄이 있어 우리 동네답다 싶을 때가 있다. 한낮에 전깃줄에 앉은 새들이나 한밤에 전깃줄에 음표처럼 걸리는 달을 볼 때. 옛날 드라마 「서울의 달」에서 술에 취해 노래 흥얼거리며 걸어가던 밑바닥 인생들의 뒷모습이 떠오른다. 너무 어릴 적 드라마라 그런 장면이 정말 있었나 싶지만 아무튼. 훗날 '나의 살던 동네'라고 노래 흥얼거리고 픈 그리울 풍경이 여전히 골목골목 남아 있다. 모과나무와 감나무, 목련나무와 배롱나무, 여기는 라일락이 피고 저기는 목단이 핀다. 모퉁이를 돌아 골목을 걸어 다니며 매년 피고 지는 담벼락 꽃나무들의 이름을 안다. 생활과 흔적과 이웃이 있어 반드시 '동네'라고 불러봐야 마음이 놓이는, 내가 사는 동네. 그러나 조금씩 사라져 간다.

집 앞에는 오래된 가게 넷이 사각형 꼭짓점처럼 마주하고 있었다. 아이스크림 냉동고와 허름한 평상을 놓아둔 구멍가게, '옷의 생명은 세탁, 국가기능사의 집'이라고 써 붙인 세탁소, 털보 아저씨가 운영하는 털보네 고물상. 그리고 동네고양이 밥그릇을 놓아두는 금메달 미용실. 주인들은 늘 가게 문을 활짝 열어두었다. 서로가 두루두루 친해서 구멍가게 앞 평상에 모여 시간을 보내다가 손님이 오면 흐허허 웃으며 털레털레 걸어갔다.

가장 먼저 없어진 건 구멍가게였다. 그 자리에는 24시간 편의점이 생겼다. 평상은 사라졌고 사람들은 모이지 않았다. 다음으로 없어진 건 국가기능사의 세탁소였다. 그 자리에는 온갖 종류의 음식을 조리하는 배달 전문 분식집이 생겼다. 이어서 털보네 고물상에 '털보 실업자 되는 날'이라는 종이가 나붙었다. 고물상에 쌓인 물건들은 하나둘 헐값에 팔렸다. "꼬맹이들 킥보드 안 필요한가?" 아저씨는 웃으며 말했다. 어느 아침에는 인부들이 간판을 떼어내고 있었다. 그날 저녁에 고물도 간판도 사라진 깨끗한 고물상을 봤다. 의자 하나 남은 가게 안은 형광등이 환했다. 털보 아저씨가 혼자 앉아서 소주를 마시고 있었다.

여름날 냉동고를 뒤적거리며 사 먹던 아이스크림을, 철마다 드라이클리닝을 맡기던 겨울옷을, 2만 원에 사 왔던 교자상과 오천 원 더 깎아주어 신나서 들고 왔던 수납장을 생각했다. 환한 조명이 반짝이는 새 가게들과 앞으로는 활짝 열어둘 일 없는 문들을 생각했다. 장소가 없어지는 일은 쓸쓸하다. 하루아침에 갈 곳이 사라져버렸다. 분명 그 안에 사람이 살았는데, 누군가 아침저녁으로 생계를 꾸려나갔었는데, 동네 사람들이 들락거렸었는데. 모두들 어디로 갔을까. 이다지도 깨끗하게.

고물상 터에는 이후로도 두어 번 가게가 들어섰다가 사라졌다. 문을 걸어 잠근 고물상 터를 지나면 종종 들르던 돈가스 가게가 있었다. 개업 첫날 조리모를 쓴 주인이 돼지머리에 빳빳한 돈을 끼워두고 고사 지내는 모습을 지켜봤었다. 봄마다 길운을 염원하는 '입춘대길(立春大吉)'을 손수 써 붙이던 돈가스 가게. 코로나19가 한창이던 겨우내 문이 닫혀 있었다.

코로나로 상황이 어려워져 겨울 동안만 다른 일 하고 돌아오겠습니다. 3월 오픈 예정입니다. 그동안 재정비하고 봄에 찾아뵙겠습니다.

가게 앞을 오갈 때마다 주인이 써 붙여둔 손 글씨를 지나치지 못했다. 아무렇게나 전단이 쌓인 문간을 향해 소원을 빌듯 "입춘대길" 하고 속삭였다. 다시, 봄에 만나 뵙길 바라며.

긴긴 팬데믹도 무사히 지나왔으나 마지막으로 금메달 미용실이 문을 닫았다. 간판 위 사계절 돌아가던 사인볼이 멈췄다. 구석에 세워두었던 전동차와 문가에 살뜰히 키우던 화분들도 사라졌다. 빨래집게 하나 바닥에 동그마니 남았는데 겨울바람이 불었다. 낡은 차양 퍼덕거리자 굳게 내린 셔터가 달카당 운다. 오래 이 동네를 지키며 사랑방 같던 곳이었는데 하룻밤 새 사라져버렸다.

열댓 평쯤 되는 작은 미용실, 주인은 60대 중반쯤 되었으려나 우리 집 쌍둥이 형제에겐 할머니뻘이었다. 허리랑 걸음이 조금 불편했지만 바지런하고 성실한 사람이었다. 머리하는 사람들이 날마다 들락거리고 삼삼오오 모여서 수다 떠느라 문이 활짝 열려 있었다. 주인이 안팎으로 살뜰하게 가꾼 덕분에 문간 화분들과 뒷마당 화단엔 계절마다 꽃이랑 열매들이 조롱조롱 열렸다. 뒷마당에선 늘 수건을 말렸는데, 바람 불면 옅은 파마약 냄새가 은은하게 퍼졌다. 구석에 밥그릇 내어주고 돌봐주었기에 익숙한 동네 고양이들도 모여서 꽃들이랑 잡동사니 사이를 놀이터마냥 뛰어놀았다.

주인은 양 소매를 걷어붙이고 앞치마를 맨 차림에 하하 소리 내어 웃는 씩씩한 사람이었다. 마음의 구김살일랑 미용실 수건처럼 조물조물 빨아다가 힘차게 탁탁 털어 말려둘 것 같은, 화창하고 낙천적인 성격이 기분 좋게 쨍쨍했다. 유치원 버스를 기다리던 꼬맹이들이 미용실 뒷마당에 핀 봉숭아랑 나팔꽃, 방울토마토랑 아기 수세미 같은 것들에 정신 팔려 있자면, 녀석들 귀엽다며 천 원씩 쥐여 주던 다정한 할머니였다.

몇 해 전 여름, 미용실 뒷마당에서 고양이 네 마리가 태어났다. 새끼고양이들은 골목을 오가던 행인들의 귀여움을 두루 받았고, 우리 아이들도 집에 돌아가는 길에 한참이나 같이 놀곤 했다. 강아지풀 꺾어다가 흔들어주며 놀다 보면 새끼고양이들이랑 다섯 살 아이들이랑 한데 뒤엉켜 저녁이 훌쩍 갔다. 동네 사람들 도움으로 새끼고양이들은 모두 좋은 이들에게 입양 간다고 했다. 고양이들 떠나기 전날, 우리는 미용실 할머니를 도와 밥을 먹였다. 노는데 정신 팔린 고양이들 한 마리씩 안아서 부드럽게 개어 만든 미음을 티스푼으로 떠먹여주었다.

"다 먹을 때까지 잘 잡고 있어라."

할머니 말에 다섯 살들은 진지하고 조심스럽게 고양이를 붙잡았다.

"어린것들은 손이 필요해. 살살 돌봐줘야 해."

우리 넷 쪼그려 앉아 머릴 맞대고 고양이 한 마리씩 붙잡고, 녀석들 밥 먹는 모습을 가만히 지켜보았다. 해 질 무렵, 햇볕과 생기를 잘 머금은 공기와 파마약 냄새, 살구색 노을빛에 보송보송한 고양이 털이 빛났다. 손바닥에, 동동동 뛰는 여린 박동과 옅은 파마약 냄새 밴 수건 같은 살결과 흰 고양이 털이 남았다. 어딜 가든 잘 지내. 아이들과 인사하고 돌아서던 저녁이 있었다.

너희들 미용실 할머니 기억하느냐고 묻자 "금메달 미용실! 우리 다섯 살 때 고양이 밥 줬잖아"라고 아이들도 선명히 기억한다.

"맞아. 미용실은 사라졌어도 우리는 기억하지. 그런 걸 고향이라고 해."

"고양이?"

"아니. 고양이가 아니라 고향. 그러니까 우리가 살던 자리."

이 동네에서 나고 자란 아이들에게 고향은 어쩌면 고양이로 추억될지 모르겠다. 울긋불긋 꽃 피던 미용실 뒷마당에서 따뜻한 새끼고양이를 안아보던 추억으로.

나의 살던 고향은 꽃 피는 산골. 「고향의 봄」을 노래할 때마다 뭉클해지는 건 꽃처럼 아름답던 동네와 꽃 피듯 아름다운 추억이 있기 때문일 테다. 내가 살던 곳, 진정으로 마음 두었던 자리. 비단 장소뿐일까. 사라졌어도 추억 속에 사라지지 않는 존재. 그때의 기억으로 일평생 살아가는 위로를 받는 누군가, 무언가. 결국 사람과 사람이 살던 흔적. 그게 진정한 고향 아닐까.

문 닫힌 미용실을 지나가던 할머니가 가까이 다가가 무언갈 읽더니 웃으며 혼잣말한다. "이 집 아줌마 사람 참 좋았지." 나도 고갤 끄덕였다. 미용실 주인의 손 편지가 달카당 우는 셔터 위에 마치 우표처럼 단단히 붙어 있었다.

우리 미용실을 아껴주고 이용해주신 손님들 덕분에 제가 장애를 극복하고 용기 있게 잘 운영해왔습니다. 삶에 버팀목 되었습니다. 고맙습니다. 아쉽게도 저의 건강과 집 노화로 인한 재건축으로 부득불 미용실 종료합니다. 머리하러 오셨다가 그냥 사랑의 발자국만 남기고 가신 분들께 진심으로 죄송합니다. 널리 이해해주십시오. 사랑합니다.

우리들의 책방 정경

가을비 내리더니 바람이 순해졌다. 한결 산뜻해진 거리를 걷는데 손바닥처럼 등을 쓸어주는 바람이 설레서 사부작사부작 발길 닿는 대로 걸어보았다. 오래된 주택가를 지나 시끌벅적한 시장을 가로질러서 한적한 골목길에 들어섰을 때 눈에 익은 풍경이 보였다. 여길 오고 싶었던 거구나. 익숙한 발걸음이 이끈 곳은 단골 책방이었다.

문을 열고 들어서자 책방지기들이 반갑게 맞아주었다. "오셨어요? 여기 앉으세요"라며 자리를 내어주었다. 잘 지냈어요? 지난번에 추천해준 책 좋더라고요. 그 책 좋죠, 너무 좋죠! 우리는 책 좋아하는 마음 하나둘 꺼내며 호들갑을 떨었다.

　망원동 골목에 동료 작가 두 사람이 연 책방. 벽에 손수 페인트칠할 때부터 들렀던 책방이었다. 페인트 통에 쪼그려 앉아 이야길 나누던 자리에는 널따란 원목 책상과 의자들이 놓였다. 직접 짜서 들인 책장에 고르고 고른 책들이 차곡차곡 채워지고, 양지바른 자리마다 하나둘 식물들이 늘어났다.

　책방은 문을 활짝 열어두었다. 부지런히 글방과 전시와 문학 행사를 열었다. 사람들 들락거리며 복닥거리다 보니 어느덧 3주년, 골목에 가장 익숙한 풍경이 되었다. 갈수록 독서 인구도 줄고 지원 예산도 줄어든다는데, 골목에 작은 책방 하나 팬데믹도 버텨내고 대견하게 살아남았다.

　책방에서 한담을 나누던 오후 5시. 통창으로 햇볕이 쏟아졌다. 주택과 주택 사이에 지는 해가 걸릴 무렵, 이때만 책방에 잠시 쏟아지는 볕이 있었다. 책들도 식물도 우리도 나른하게 볕을 쬐었다. 책방 앞에 놓아둔 벤치에 지나가던 할머니들도 앉아서 볕을 쬐었다. 잠시 그대로 모두 말없이 안온한 시간.

　한 소쿠리 끌어모아 와르르 쏟아부은 듯한 가을볕은 유달리 따뜻했다. 편히 내어둔 내 마음도 잘 데워졌다. 이 시간, 이 자리, 이 분위기를 나는 좋아해. 책방을 둘러보았다. 여기서 많은 사람을 만났지. 마주 보았던 얼굴들이 아른아른, 문득 보고 싶었다. 모두 잘 지내는지.

　부슬부슬 첫눈 내리던 겨울, 갓 구운 붕어빵 사 들고 책방에 도착한 독자와 붕어빵을 먹었다. 우리 두 사람 마주 앉아 하나씩. 책방지기들에게도 하나씩. 책 고르는 손님에게도 하나, 겨울바람 몰고 들어온 책방 손님에게도 하나. 아직 따뜻한 붕어빵 오물거리며 별거 아닌 이야기를 나누었다. 눈이 내리네요. 벌써 붕어빵의 계절이네요. 붕어빵 너무 맛있어요. 아직 따뜻하네요. 크리스마스트리 반짝이는 창가에는 부슬부슬 싸락눈 내리고, 우리는 붕어빵 하나씩 손에 들고서 달게 웃었지.

봄비 내리던 아침의 글방. 여럿이 커다란 책상에 모여 앉아 빗소리를 들으며 글을 썼다. 슬프고도 아픈 이야기들이 조곤조곤 노래처럼 흘러나왔다. 마음과 마음이 쏟아지는 가운데 간혹 말 없는 말과 꾹 참는 눈물이 방울방울 고였다. 비 내리는 책방에서 커다란 눈물방울 안에 잠긴 사람들처럼 우리는 뭉클한 무언갈 주고받았지.

소나기가 지나간 여름밤, 동료들과 밤늦게까지 책방에서 글을 썼다. 한 사람은 수필, 한 사람은 시, 한 사람은 소설. 조용한 밤의 책방에 타닥타닥 자판 소리뿐이지만 연결되어 있다는 마음의 소속감이 행복했다. 계속되어도 좋을 이야기 같던 밤.

작가의 책상전을 열었던 가을, 수년 전 책과 글로 만났던 사람들이 다시 나를 찾아왔다. 고등학교 도서관에서 내 첫 책을 읽던 학생은 대학생이 되었다. 자신을 바꾼 책처럼 '단 한 사람의 아픔이라도 발견하고 돌보는' 윤리 교사가 되겠다고 했다. 글쓰기 수업마다 찾아왔던 예순의 학인은 책방을 열었다. 책과 글과 간식과 마음을 나누며 '사람들의 마음과 마음을 이어주는' 책방을 꾸려가고 싶다고 했다. 책 잘 읽었다고. 내 책들을 따라 읽던 독자들이 이제는 무언가 되고 싶다고, 무언가 하고 싶다고 나에게 말한다.

"『마음 쓰는 밤』이라서 밤을 꿀에 재워봤어요. 작가님 책을 읽으면 잘 살고 싶어져요. 계속 읽고 싶어요. 그러니 계속 써주세요."

첫 책 때부터 알고 지낸 오랜 독자가 직접 졸인 보늬밤을 내밀었다. 다글다글 꿀에 잘 재워진 밤. 계속 쓸게요. 정말 잘 살아야 해요. 우리의 포옹은 보늬밤처럼 달았지.

책방은 책만 파는 가게가 아니다. 책과 사람 이야기가 깃든 하나의 정경(情景)이다. 앞만 보고 바삐 걸어갈 땐 절대로 만나지 못한다지. 책 볼 겸 사람 볼 겸 오가는 발길이 익숙해질 때 이야기는 생겨난다.

계절의 정취와 동네의 정서와 책의 서정과 사람들 대화가 스민 이야기가. 한담을 나누다가 다 같이 하오에 쏟아지는 볕을 쬐던 가을, 붕어빵을 나눠 먹으며 첫눈을 보던 겨울, 커다란 책상에 모여 앉아 빗소리를 들으며 글 쓰던 봄, 소나기 지나간 밤에 동료들과 타닥타닥 글 쓰던 여름, 꿀에 잘 재워진 밤처럼 달게 포옹하던 다시 가을에 이르기까지. 언젠가 장소가 사라진다 해도 오래도록 그리워할 우리들의 책방 정경일 테다.

아가, 꽃 봐라

한 살배기 아기들을 데리고 나가는 일은 고생스러웠다. 안 그래도 왜소하고 내성적인 내가 대형 세탁기만 한 쌍둥이 유아차를 밀면 모두의 시선을 끌었다. 엘리베이터라도 탈라고 하면 시간이 걸리는 데다 자리를 차지해서 눈치를 봐야 했고, 비좁고 울퉁불퉁한 오래된 동네 길을 오를 때면 진땀을 흘려야 했다. 심지어 아기들이 울고 보채기라도 한다면 내가 울고 싶어지는 난감한 상황이 벌어졌다. 그런 사정에 혼자 유아차를 끌고 가는 거의 유일한 목적지는 동네 마트였다. 장은 보고 밥은 지어야 했으니까.

상자를 쌓아둔 구석에 유아차를 세워두고, 아기들

이 채소 과일에 한눈파는 사이에 후다닥 장을 봤다. 아주머니, 할머니 들이 오가며 아기들을 봐주셨다. 칭얼거리면 얼러주고 울면 달달한 걸 손에 쥐여 주셨다. 마트에서 일하던 청년은 자신도 쌍둥이로 자랐다며 유아차가 오가기 쉽도록 길을 터주고 갈 때까지 문가를 살펴주었다. 그렇게 세상 요란하게 한 바구니 가득 장을 보고 돌아오는 길에는 마음이 달그락거렸다.

장을 보고 돌아오던 어느 저녁이었다. 해가 저물어 어둑해지자 아기들이 울기 시작했다. 빨리 가야 하는데 아기들은 울고, 밤은 오고, 거리는 위험했다. 나는 어쩔 수 없이 아기들을 양팔에 안아 들고서 아슬아슬하게 유아차를 밀었다.

"아기 엄마가 고생이네."

그때 엄마뻘로 보이는 한 아주머니가 다가왔다.

"아기들은 손 탈 테니 엄마가 안아요. 내가 집 앞까지만 데려다줄게요."

군말 없이 배려하는 목소리. 행여 도움이 불편하

게 느껴지진 않을까, 괜한 참견의 말을 쏟지 않으려
고 나를 위하는 마음이 느껴졌다. 그 사이 얼마나 진
땀을 흘렸는지 등이 다 축축하게 젖어 있었다. 나는
아기들을 양팔에 안고 아주머니는 유아차를 끌고 나
란히 걸었다.

"나도 아들만 둘 키워봐서 남 일 같지가 않네. 지금
은 힘들어도 애들 크면 참 든든해요. 힘들 때는 주변
에 기대요. 아이 하나 키우는 데 온 마을이 필요하다
잖아. 나도 아주머니들이 많이들 도와줬어요."

다정한 목소리가 다독다독하니 이야기 같은지 아
기들도 울음을 그쳤다. 캄캄한 골목 어귀를 돌아 가
로등을 지나 어느 집 담벼락을 지날 즈음이었다. 아
주머니가 말했다.

"아가, 꽃 봐라."

달콤한 향기가 났다. 담벼락을 올려다보니 하얀
라일락이 한 무더기 피어 있었다. 어스름이 내린 하
늘에 별 사탕 뿌려놓은 듯 아롱아롱 빛나던 꽃들. 태
어나 처음으로 꽃을 본 아기처럼 우리는 라일락을

올려다보았다. 가만한 바람이 지나갔다. 품에 안은 아기들의 무게와 온기가 고스란히 느껴졌다. 무언가 속삭여주고 싶었지만 목울대가 아렸다. 아름다운 순간에는 어째서 울고 싶어지는 걸까. 그저 오도카니 서서 함께 꽃을 보던, 잊을 수 없는 봄밤이었다.

여름밤엔 투게더와 함께 투게더

일곱 살 여름, 나는 편도선 제거 수술을 받았다. 텔레비전 채널 손잡이를 돌리면 볼록한 화면 너머 서태지와 아이들이 「난 알아요」를 부르고 있었다. 현란한 댄스 무대에 홀딱 정신이 팔려 있자면, 할머니가 밥숟가락으로 투게더 바닐라 아이스크림을 떠먹여 주셨다. 그 비싼 아이스크림을 고분고분 받아먹었던 이유, 수술 후 목을 차게 유지하며 부기를 가라앉히고 출혈이 생기면 바로 알아챌 수 있도록 부드럽고 하얀 아이스크림을 먹으라던 엄연한 의료 처방이었기 때문이다.

밥보다 아이스크림! 아침부터 밤까지 내내 아이스

크림을 먹었다. 잠 못 드는 열대야에 탈탈 돌아가던 선풍기 바람 맞으며 할머니가 떠주는 투게더 아이스크림을 냠냠. 원유 50퍼센트 함유, 국내 최초 제조 고급 아이스크림의 자부심이 스며든 호사스러운 유크림의 맛.

　"그리 맛인나. 달게 먹어라. 꿀떡 먹어라."

　할머니 웃음기 어린 말에, 나는 대한민국에서 젤루 행복한 일곱 살일 거라 확신했다.

　우리 애기는 투게더라는 아이스께끼를 젤루 좋아한다지. 그 후로 할머니는 냉동실에 투게더를 쟁여 두고 나를 기다렸다. 토요일 밤, 할머니 작은 방에 모기장을 치고 두툼한 목화솜이불을 바닥에 깔았다. 우툴두툴한 메밀베개 툭툭 놓아두고 해바라기 수놓인 가슬가슬한 인견이불을 끌어안고 기다리자면, 할머니가 투게더랑 밥숟가락 두 개를 챙겨 왔다. 낡은 텔레비전 머리통 탕탕 두드리고 지지직거리는 안테나 바로 세워 도로록 텔레비전 채널 손잡이를 돌렸다. 「토요명화」가 시작되었다.

빰빰빰빰 빰빰빰빰 빠바밤. 가슴께 웅장해지는 「아랑후에즈 협주곡」 2악장 오케스트라 선율이 흐르고, 세계 대스타 얼굴이 담긴 별들이 화면을 유영하다 다다른 곳엔 파워포인트로 만든 듯한 조악한 '토요명화' 타이틀이 떠올랐다. 이어서 「플래툰」 「터미네이터」 「죽은 시인의 사회」 「러브스토리」 「여인의 향기」 등등 영화 속 명장면들이 영사기 돌리듯 조르륵 올라갔다. 쇼트커트 머리에 눈물 한 방울 또르르 흘리던 「사랑과 영혼」 데미 무어의 얼굴은 얼마나 예뻤던지.

할머니와 나의 영화관. 모기장이 우아한 레이스 커튼처럼 내려앉고 텔레비전 빛이 영사기처럼 은은하게 비쳐 들었다. 잔잔한 선풍기 바람 쐬면서 할머니랑 아이스크림을 먹으며 「토요명화」를 봤다. 그해 여름엔 「슈퍼맨」의 스핀오프작 「슈퍼걸」을 방영했는데 평소에는 예쁜 고등학생으로 지내다가 결정적 순간에 슈퍼걸로 변신하는 내용이었다. 그때 사랑에 빠진 남자를 범퍼카에 태워 번쩍 안아 들고선 유유히 하늘을 날던 슈퍼걸이 아직도 두근두근 기억난다. 언제나처럼 나는 영화는 다 보지도 못한 채 잠들어버렸고 할머니는 내 가슴팍까지 이불을 끌어 덮어주었다. 녹진하게 녹은 아이스크림일랑 다음 날 다시 얼려 먹었음은 물론. 생선이랑 오징어 꽝꽝 얼려둔 냉동고에 영롱하게 빛나던 황금색 아이스크림, 할머니의 사랑은 투게더였다.

20년이 지난 여름, 나는 아이스크림 가게라면 절대로 지나치지 못하는 일곱 살 어린이들과 살고 있다. 나란히 까치발 들고서 커다란 냉동고 안을 진지하게 들여다보는 뒤통수들을 보고 있노라면, 일곱 살의 나도 저렇게 작았을까 싶어서 새삼 작고 어린 몸이 신기하다. 그때, 건강하고 젊었던 할머니는 어땠더라. 아무리 생각해봐도 할머니는 언제나 할머니여서 자글자글 웃던 얼굴만 떠오른다. 젊거나 늙거나 상관없이 세상에서 유일한 나의 할머니. 아이스크림 가게에서 투게더를 발견하면 속절없이 할머니가 그립다.

"이거 엄마 어렸을 때 할머니랑 먹던 아이스크림이야. 우리 만화영화 보면서 같이 먹을까?"

옛날 모습 그대로 900밀리리터 동그란 황금색 통. 해마다 달력에 가족들 생일 적어두던 할머니 글씨처럼 또박또박 야무진 글씨체로 적힌 '투게더'. 울 할머니가 한눈에 알아보던 유일한 영단어, '함께'라는 이름을 가진 정다운 아이스크림. '온 가족이 함께 투게더, 투게더와 함께 투게더.' 낡은 텔레비전 광고 노래를 따라 흥얼거리면 마음이 달게 달아오른다. 할머니와 함께 투게더, 투게더와 함께 투게더. 다디단 사랑의 맛은 한여름에도 이리 따뜻한 걸까.

좋은 하루 보내세요

서로 존댓말을 하면 기분 좋은 하루가 시작됩니다.

이른 아침 집 앞 편의점에 들렀다가 주인이 붙여 둔 손 글씨를 읽었다. 머리 희끗한 편의점 주인은 평소 아이들에게도 존댓말을 사용하는 사람. 편의점을 나서는 손님에겐 어김없이 소리 내어 인사했다.

"좋은 하루 보내세요."

출근 준비를 마치고 집을 나섰을 때, 정문 바닥을 쓸던 아파트 경비원을 마주쳤다. 몇 동 몇 호에 사는 누구인지 주민들 얼굴을 기억하고 있는 경비원은 언제나 활짝 웃으며 인사를 건넸다.

"오늘은 여름 날씨네요. 좋은 하루 보내세요."

지하철을 탔다. 사람들은 스마트폰을 들여다보고 있었다. 지하철이 철교를 지날 때 차창으로 볕이 들었다. 아침 윤슬이 반짝이는 한강이 보여서 조그맣게 감탄할 때 지하철 기관사의 방송이 울려 퍼졌다.

"승객 여러분, 열차는 지금 한강을 지나고 있습니다. 잠시 창밖의 멋진 풍경을 보세요. 혹시 힘든 일이 있다면 열차에 모두 두고 내리시길 바랍니다. 오늘도 좋은 하루 보내세요."

일터 근처 약국에 들렀다. 젊은 약사가 먼저 온 노인의 약을 처방해주고 있었다. "지난번보다 약이 추가됐네요. 잠을 잘 못 주무시나 봐요. 이건 취침 전에 드시고요." 지난 조제 기록을 모두 기억하고 있는지 약사는 복용법을 살뜰히 챙겨 설명해주었다.

"어르신, 여름엔 물 많이 드셔야 해요. 좋은 하루 보내세요."

"아이쿠, 인사가 고맙습니다. 좋은 하루 보내세요."

약사에게 노인은 마주 인사하고 밖을 나섰다.

좋은 하루 보내세요.

이보다 좋은 아침 인사가 있을까. 인사를 건네받은 나도, 문밖을 나서던 모든 순간 마주 말해보았다. 약간의 용기를 담아 소리 내어 인사할 때마다, 마음이 볕 든 것처럼 따듯해져 웃게 됐다. 모두들 하루를 어떻게 시작하는지. 긴 밤을 지나온 사정이야 저마다 다를 테지만, 새로 시작하는 오늘만큼은 좋은 하루이기를 모두 같은 마음으로 바랄 것이다. 좋은 하루를 시작하는 방법은 그리 대단하지 않다고. 편의점 주인과 아파트 경비원과 지하철 기관사와 약사가 가르쳐주었다.

먼 옛날 어느 철학자는 '인간이 있는 곳에는 친절의 기회가 있다'라고 말했다던데, 먼 훗날에도 친절은 사람과 사람이 마주해야만 행할 수 있는 '기회'라는 사실이 새삼 아름답다. 우리에겐 하루에도 여러 번 친절할 기회가 있다. 기회를 붙잡는 건 나의 몫.

친절해라. 자리에 앉아 업무 메일을 회신하던 나는 끝에 여덟 글자를 적어 보냈다. 좋은 하루 보내세요.

　마음을 보낸 나도, 마음을 받은 그도 오늘은 좋은 하루를 보냈으면.

펭귄처럼, 우리들도 허들링

    퇴근길 만원 전철을 타게 되었다. 두 정거장만 지나면 도착이었지만, 커다란 가방과 짐을 들고 아이들을 데리고 탄 터라 몹시 걱정되었다. 사람들이 우르르 몰려들었다. 전철 한가운데에 거의 끼인 상태가 되었을 때, 내려다보이는 아이들은 새삼 너무 작았다. 어른들 허리춤에 겨우 닿는 눈높이에선 사방에 다리밖에 보이지 않을 것이다. 아이들도 긴장했는지 내 옷자락을 꽉 붙들었다.

    덜컹. 전철이 움직일 때마다 균형을 잡으려고 애썼지만 쉽지 않았다. 가까이서 지켜보던 한 아주머니가 자리를 양보하려 했다. "괜찮아요. 저희 다음

정거장에 내려요. 감사합니다." 곧 도착할 렌데 부산스러울 것 같고, 도무지 이 인파를 헤치고 내릴 자신이 없어서 마다했다. 이윽고 정거장에 다다랐을 때, 다행히도 사람들이 길을 열어주었다. 보폭이 좁은 아이들이 승강장과 열차 사이의 넓은 틈을 안전하게 내릴 때까지 기다려주었다. 덕분에 우리는 무사히 내렸다. 휴우. 그제야 안도하며 아이들과 웃었다.

"잠깐이었지만 우리들, 펭귄이 된 거 같았어."

황제펭귄들이 혹독한 추위와 눈보라로부터 어린 새끼와 알을 지켜내는 방법이 있다. 펭귄들의 허들링. 동그랗게 겹겹이 꼭 붙어 기대어 서로의 체온으로 추위를 견디며 안쪽에 가장 약한 새끼와 알을 보호한다. 안에서 몸을 데운 펭귄은 밖으로 나가고, 밖에서 추위에 떨던 펭귄은 안으로 들어온다. 그렇게 부지런히 둥글게 돌면서 온기와 배려가 깃든 연대로 펭귄들은 다 함께 살아남는다.

나는 알고 있었다. 만원 전철에서 이름 모를 아저씨가, 회사원이, 청년들이 작고 약한 우리가 넘어지지 않도록 동그랗게 에워싸고 버티고 있었다. 그들이 쉼 없이 균형 잡으며 안전한 공간을 내어준 것도, 말없이 키 작은 아이들을 지켜보았던 것도 알고 있었다. 타인들의 허들링 속에 우리는 보호받았다. 어린 시절 엄마와 장을 보고 돌아오던 나에게도 꼭 같은 기억이 있었다. 만원 버스에서 자리를 양보하고 짐을 들어주고 안전한 공간을 내어주었던, 우리를 동그랗게 에워싸고 지켜주었던 어른들의 허들링.

'한 사람이 어른이 돼서 세상을 살아갈 때 힘이 되는 것은 어린 시절에 받은 사랑과 지지다. 사랑받고 존중받고 보호받았던 기억. 그 기억이 살면서 겪어야만 하는 힘든 고비를 넘게 한다'던 김중미 작가의 말처럼, 오늘 우리는 보호받는 존재였지만, 훗날 우리는 틀림없이 누군가를 지켜주고 사랑해주는 존재가 될 것임을 믿는다.

역사 밖에는 소나기가 내리고 있었다. 잘 살아남아 씩씩하게 떠나는 기분으로 펭귄 셋은, 아니 우리 셋은 비를 맞으며 힘차게 세상 밖으로 뛰어나갔다.

모르는 사람의 그늘을 읽는 일

한여름, 모르는 사람을 울려버린 적이 있다. 코로나19가 한창이던 무더운 여름이었다. 생일 케이크를 사려고 들른 베이커리 카페는 북적거렸다. 점원들은 분주하게 빵을 포장하고 커피를 내렸다. 무덥고 바쁘고 시끄럽고 답답한 여름. 위생모와 마스크와 장갑까지 착용한 점원들은 눈만 빼꼼 보여선지 더욱이 무뚝뚝해 보였다. 그날따라 나는 짐이 많았기에 오른쪽 어깨에는 무거운 가방을, 왼손에는 먼저 나온 커다란 케이크 상자를 들고 있었다.

"커피 나왔습니다."

점원 안내에 오른손으로 커피를 받아 들며 말했다.

"죄송해요. 제가 지금 쓸 수 있는 팔이 하나밖에 없어서요. 한 손으로 받아 갈게요."

그때였다. 점원이 내 눈을 마주 보았다. 갑자기 왈칵, 눈물이 고이는 게 보였다. 그가 그렁그렁한 눈으로 말했다.

"이런 말은 처음 들어봤어요. 감사합니다."

나도 그만 뭉클해져 꾸벅 목례하고 돌아섰다. 우리가 나눈 눈 맞춤은 찰나였지만, 밖을 나서자마자 달려드는 무더위도 깜빡 잊을 만큼 순한 여운을 남겼다.

울고 싶은 사람을 모르고 지나친 적도 있다. 삼청동에 예약해둔 전시를 보러 갔다가 불친절한 직원을 만났다. QR체크인과 예약 확인을 하는 내내 일부러 무안을 주는 건가 싶을 정도로, 직원은 뚝뚝한 말투에 얼굴을 잔뜩 구긴 채 내게 시선조차 두지 않았다. 따져 물을까 하다가 돌아섰지만, 불친절한 사람 때문에 기대했던 하루가 덩달아 구깃해지는 기분이 들었다.

잠시 후, 다른 직원이 종종걸음으로 전시장에 들어섰다. "괜찮으시대?" "모르겠어. 갑자기, 미안해." "미안하긴, 얼른 가봐." 전시장은 몹시도 조용해서 두 사람의 대화가 선명하게 들렸다. 돌봐야 할 누군가 급하게 아팠던 걸까. 직원이 서둘러 나간 문이 닫히는 소리에 쿵, 하고 깨달았다. 내가 오해했다는 걸. 그는 당혹스럽고 슬픈 마음을 애써 참아내고 있던 것이었다.

공적인 옷을 입고 지내는 일상에서도 사적인 얼굴들을 마주치곤 한다. 한여름 뙤약볕 같은 어떤 순간에는, 어쩔 수 없는 솔직한 감정이 고스란히 드러나기도, 힘겹게 숨긴 마음의 뒷면이 그늘질 때도 있다. 우리는 모두 감정을 지닌 사람이니까. 우연히 마주친 그 얼굴들을 나는 이해했을까, 오해했을까.

한낮의 광화문 거리를 걸었다.

올여름 할 일은 모르는 사람의 그늘을 읽는 일.*

커다란 건물 글판에 적힌 문장을 올려다보며 생각했다. 마주치는 타인들에게 되도록 다정하고 싶다고. 미처 이해하진 못하더라도 애써 읽어주고 싶다고. 모르는 사람의 그늘은 이다지도 고단하고 슬퍼서, 한여름에도 서늘하게 미안했다. 기대어 머물고픈 그늘이 유난히도 간절한 여름이었다.

* 김경인 「여름의 할 일」 『일부러 틀리게 진심으로』 문학동네 2020

어떤 바람에도 나아갔으면 좋겠다고

매일 지나다니는 길목에 휠체어 가게가 있다. 오
가며 지나칠 뿐이지만 휠체어에도 다양한 종류가 있
고, 보이지 않았을 뿐 휠체어를 타는 사람이 많았다
는 걸 알게 되었다. 그 가게 앞에서는 자주 휠체어 탄
사람들을 마주쳤다. 그때마다 나는 무심한 듯 조심
스럽게 지나가곤 했는데, 내가 커다란 쌍둥이 유아차
를 끌고 갈 때 느꼈던 마음과 비슷할 것 같아서였다.

두 아이를 태운 유아차를 몰 때에 나는, 누구보다
커다란 몸집으로 느리게 나아가는 사람이 되었다.
그러나 나의 몸집과 걸음에 비해 세상은 비좁고 가
파르고 급했다. 유연하게 빠르게 나아갈 수 없는 사

람에겐 간단한 이동조차 대단한 각오가 필요했다. 행인들이 기다려주지 못할까 봐, 차들이 너그럽지 않을까 봐, 모두가 나를 이상하게 쳐다볼까 봐. 잔뜩 긴장한 채로 움츠리고 걸었다. 겪어보기 전에는 알지 못했던 세상이었다.

그러나 열네댓 살쯤 되어 보이는 소년이 서툴게 휠체어를 모는 모습을 발견했을 땐, 무심한 척 앞질러 갈 수 없었다. 바퀴는 느리게 나아갔다. 소년의 휠체어를 에워싼 가족들. 아버지와 어머니, 누나의 눈길과 손길이 조심스러웠다. 휠체어를 밀어주는 대신에, 소년의 그림자를 어루만지듯 허공에 손을 대고 휠체어와 발맞추어 걷고 있었다. 네 사람이 한 몸처럼 느리게 나아가는 모습을 멀찍이서 지켜보았다. 비좁은 골목길에 아무도 오지 않았으면 하는 조마조마한 마음으로 나도 뒤따라 걸었다. 가족들이 휠체어 가게에 다다랐을 때야 조용히 곁을 지나쳤다.

잠시 후 돌아가는 길에 다시 그들을 마주쳤다. 근처 인적 드문 길가에서였다. 소년은 새 휠체어에 적응

중이었다. 수동 휠체어에 달린 전동 키트 컨트롤러를 조작하고 있었다. 가족들은 아까처럼 소년의 휠체어를 둥글게 에워싸고 바퀴를 따라 느리게 걸었다. 바람이 불었다. 나는 그제야 알아챘다. 바람이 세찬 영하의 추운 날인데도 아무도 장갑을 끼지 않았다. 맨손으로 컨트롤러를 만져보며 익히는 소년 때문이리라. 손이 얼어도 일부러 장갑을 끼지 않는 사람들, 바람을 맞으면서도 발맞추어 걷는 사람들. 느리게 나아가는 사람들이었다.

다행히 노을빛이 가족에게 쏟아졌다. 담벼락에 그림자가 비쳤다. 휠체어를 에워싼 가족의 그림자는 느리게 나아가는 돛단배 같았다. 돛을 단 배. 바람에 밀려 나아가는 배. 이들을 위해 무얼 빌어줄 수 있을까. 그저 어떤 바람에도 나아갔으면 좋겠다고. 느리게, 그러나 조금씩 멀리. 그들과 멀어지며 장갑을 벗었다. 물결을 밀듯이 풍경의 끝자락에 손을 대어보았다. 너그러운 빛이 손바닥에 스몄다. 춥지만은 않았다.

문고리에 걸어두는 마음

아랫집 언니와는 8년째 이웃사촌이다. 우리 집에서 계단 한 층 내려가면 언니네 집. 아랫집 윗집 아이들이 태어나고 자라는 모습을 지켜보며 오래 의지하면서 지냈다. 미역국 한 솥 끓인 날이나 수육 삶은 날에는 그릇째 나눠 먹었다. 깨끗이 비운 그릇일랑 뭐라도 먹을 것들 다시 꽉 채워 돌려주었다. 여름이면 수박을, 겨울이면 딸기를 부러 더 사서 나눠 먹었다. 아랫집 윗집 번갈아 놀러 가 시간을 보내고, 힘든 날에는 가장 먼저 달려가 초인종을 눌렀다. 가까운 이웃이 먼 친척보다 낫다는 게 괜한 말이 아니었다. 언니 없는 나에게 아랫집 언니는 '이웃사촌 언니'나 다름없었다.

코로나 유행이 길어지고 거리두기가 엄격해지자 아랫집 윗집이라도 만날 수가 없었다. 그때부터였다. 우리는 서로의 문고리에 무언갈 하나씩 걸어두기 시작했다. 언니, 홍시가 맛있어 보이길래 많이 샀어요. 수리야, 한라봉 농장에서 주문한 건데 못생겨도 맛있다! 언니, 올겨울 첫 붕어빵이에요. 수리야, 어머님이 직접 키우신 블루베리 나눠주라셔. 어느 날엔 호두과자랑 햇밤이, 또 어느 날엔 짯짯이 말린 오징어가 서로의 문고리에 걸려 있었다. 문고리에 걸어두는 소소하고 귀엽고 맛있고 다정한 것들. 다름 아닌 마음이었다. 힘든 날들이어도 우리 맛있는 거 잘 먹고 잘 지내자고. 그런 시간이 어느덧 2년이나 지났다.

결국 우리 집에도 코로나가 찾아왔다. 해열제 네 통을 비우고야 아이들은 열이 내렸고, 나는 내내 간호하다가 마지막에 확진되었다. 아픈 것보다 아이들 하루 세 끼 챙기고 돌보는 일이 더 힘들었다. 밤새 끙 끙 앓고 난 아침, 문을 열어 보니 문고리엔 약봉지가, 문 앞엔 커다란 냄비가 놓여 있었다.

> 괜찮아? 해열제 좀 더 샀어.
> 밥 챙기는 게 제일 힘들지? 한우 듬뿍 넣고 뭇국 한
> 솥 푹 끓였다. 힘들 땐 남이 해준 밥이 제일 맛있잖아.
> 애들만 말고 엄마도 잘 챙겨.

언니의 메시지를 확인했다. 무거운 냄비 영차 옮기고서 소고기뭇국에 밥 말아 한술 뜨는데, 어찌나 뜨뜻하고 맛있던지 속이 뭉클하게 데워졌다. 다정한 이웃사촌 덕분에, 만나고 싶지만 만나지 못한 날들에도 서로의 안부를 확인하며 잘 지낼 수 있었다.

엊저녁에는 언니네 해물파전 부쳤다고 여덟 살, 다섯 살 남매가 내복 차림으로 배달을 왔다. 우리 집 거실을 기어다니던 아기는 초등학생이 되었다. 파전이랑 겉절이 건네며 "맛있게 드세요" 인사하는 아이들에게, 참외랑 찹쌀떡 건네며 "고맙습니다" 마주 인

사했다. 이웃사촌들 만날 수 있어서 반갑습니다. 잘 자라주어서 고맙습니다. 문고리엔 아무것도 걸려 있지 않았지만, 그래서 좋았다.

다른 사람의 신발을 신어보기

첫 회사는 강남 빌딩숲에 있었다. 회사원들로 붐비는 거리, 사원증을 목에 걸고 또각또각 걸어가는 소속감이 어찌나 뿌듯했는지 인천에서 강남까지 왕복 네 시간인 출퇴근길도 견딜 만했다. 하지만 늘 발이 아팠다. 지하상가에서 헐값에 사 신던 구두는 금세 굽이 닳거나 떨어지곤 했다. 지방에서 상경한 나와 남동생은 인천에서 오래 자취를 했다. 매달 내야 할 학자금 대출금과 월세와 관리비와 생활비가 있었다. 그래서 나는 주말에도 아르바이트를 하며 구두를 신었다. 불편한 신발을 신고 돌아오는 만원 전철에선 손잡이를 꽉 붙들고 버텨야 했다. 덜컹덜컹 흔들리며 생각했다. 버티는 청춘이란 이런 건가 하고.

어느 겨울, 야근을 마치고 달려가 겨우 막차 버스에 올라탔는데 만석이었다. 내처 한 시간 반을 달리는 내내 서서 가야 했다. 구두를 신은 발이 붓고 얼어서 너무너무 아팠다. 손잡이를 붙들고 버티다가 주저앉아 울고 싶을 지경이 되었을 때 동생에게 메시지를 보냈다. 운동화 좀 가져다달라고.

새벽 2시께 정류장에 도착했다. 나처럼 멀리서 자취하며 광역버스로 출퇴근하는 청년들이 우르르 내렸다. 그들 사이로 운동화를 손에 든 동생이 보였다. 절뚝거리며 의자에 앉아 신발을 갈아 신었다. 뒷굽이 떨어진 구두는 허루루 박아둔 못 머리가 비죽 삐져나와 있었다.

"대체 이딴 걸 어떻게 신고 다니란 거야?"

동생이 불쑥 화를 냈다.

"내가 워낙 험하게 신어서 그래."

나는 씩씩하려 애쓰며 대답했다. 나란히 걸어가는 길에 우린 아무 말이 없었다. 하얀 입김만 얼얼하게 퍼져나가던 새벽이었다. 그로부터 10년이 지나서야 학자금 대출을 모두 상환할 수 있었다.

"신혼여행으로 배낭여행 가는 사람이 어딨냐? 이 신발 신고 잘 다녀와."

훗날, 결혼을 앞뒀을 때 동생이 찾아와 운동화를 내밀었다. 나는 튼튼한 운동화를 신고 20대엔 떠나보지 못했던 파리와 베네치아, 피렌체와 로마를 발바닥 뻐근하도록 자유로이 걸어보았다. 발걸음이 가벼웠다.

"엄마 신발 커. 많이 커. 이상해."

시간이 흘러, 기저귀를 찬 아이들이 커다란 내 신발을 꿰어 신고는 바닥에 질질 끌고 다니며 노는 걸 봤다. 귀여워서 웃었지만 별안간 찡해졌다. 태어난 아기를 보고 놀랐던 건 말랑한 뒤꿈치였다. 한 번도 걸어본 적 없는 분홍색 뒤꿈치는 말랑하고 부드러웠다. 아이들이 첫걸음마를 떼었을 때 뒤꿈치를 만지작거리며 생각했다. 이 발바닥도 굳은살이 박이고 단단해지겠지. 무얼 버려낼까나. 언젠가 내가 너희들 신발을 신어볼 때도 있겠지. 내 발에 너무 커서 깜짝 놀랄지도 모르겠다.

가끔 다른 사람의 신발을 신어본다. 큼직하고 말끔한 동생의 신발, 발등은 반듯하고 안창이 움푹해서 믿음직스럽다. 종종걸음이 몸에 밴 엄마의 신발, 뒤축은 구겨지고 밑창이 자주 닳아 안쓰럽다. 또 가끔은 다른 사람들의 신발을 오래도록 바라볼 때가 있다. 사는 게 팍팍하다 해도 잘 살아보고 싶어서 발 아프게 열심히 일하던 걸음들. 생의 뒤편에서 뒤꿈치에 반창고를 붙이고 종아리를 주무르던 예전의 내가 지나가는 사람마다 겹쳐 보인다. 전철에서, 터미널에서, 시장에서, 쇼핑몰에서, 웨딩홀에서, 거리에서 가만 바라보고 있자면 '다른 사람의 신발을 신고 오래 걸어보기 전에는 판단하지 말라'던 경구가 가슴 아프게 찌른다. 우리는 저마다 생의 무게를 버티며 걷고 있구나. 누군가의 뒤꿈치에서 문득 그 사정을 알아채는 순간이 있기에.

우는 사람을 지나치면 안 돼

한 여자애가 울면서 나에게 달려왔다. 아이들과 하원하던 길, 아파트 단지 옆을 지날 때 어디선가 어린애 울음소리가 난다 싶었다. 무슨 일인가 살피는데, 한 여자애가 울면서 나에게 달려왔다. 가슴이 쿵 내려앉았다.

열 살 쯤 되어 보이는 여자아이는 오른쪽 뺨이 벌겋게 부풀어 있었다. 코피가 번져서 얼굴과 옷에 피가 묻어 있었다. 신발은 한 짝뿐이었다. 그 애는 아무 말도 않고 울음을 삼키면서 나를 올려다보았다. 나는 그 눈을 알고 있었다. 말 없는 그 아이의 말을 알고 있었다.

아이가 놀라지 않도록 길가로 데려가 어깨와 머리를 쓰다듬어주었다. 무릎을 꿇고 그 애와 눈을 맞추었다. 너무 놀랐지만 놀라지 않은 척 말을 걸었다. 괜찮니? 많이 아프겠다. 아줌마가 보기엔 어디 맞은 거 같은데, 혹시 누가 때렸는지 말해줄 수 있을까. 아줌마는 쌍둥이 아기들 키우는 엄마야. 그러니까 안전한 사람이야. 아줌마랑 같이 경찰서에 가서 이야기해볼까. 무서울 것 없어. 아줌마가 도와줄게. 아이는 떨면서 울면서 아무 말도 하지 않고 내 눈만 마주보았다. 그 짧은 시간에 온갖 생각들이 오갔다. 아동학대만은 아니기를 바랐다.

그때 친구들로 보이는 아이들이 몰려왔다. 그중 친오빠로 보이는 남자애가 아이에게 신발 한 짝을 신겨주더니 "엄마가 오래"라고 말했다. 아이들 말로는 오빠와 싸웠다고 했다. 그래도 그냥 보내줄 순 없어서 나는 여자애 손을 잡고 있었다. 잠시 후 여자애를 알아보는 엄마들 무리가 왔다. "왜 그래? 괜찮아?" 묻길래, 아는 아이냐고, 아이가 누군가한테 맞은 것 같다고, 많이 놀란 것 같다고 말했다.

"여기 아파트 살아요. 얘네 엄마가 직장 다녀서 맨날 오빠랑 밖에서 놀거든요. 제가 데려가볼게요."

아이를 잘 아는 이웃인 것 같았다. 아이에게 괜찮냐고 물으니 고갤 끄덕인다. 아이를 다른 엄마에게 넘겨주고 사라질 때까지 지켜보았다. 이렇게 보내는 게 맞는 건지 석연치 않았다. 아동학대가 아니라면 천만다행이지만, 오빠와 싸웠다고 하더라도 오늘의 기억은 쉽게 지워지지 않을 것이다. 아이들도 심각했던 분위기를 눈치채곤 말했다.

"엄마. 누나가 울고 있었어."

"누나가 아팠나 봐. 우는 사람을 지나치면 안 돼. 도와줘야 하는 거야."

그냥 지나치면 안 돼. 엄마도 울어봐서 알거든. 엄마도 맨발로 거리를 내달렸던 적이 있었어. 아무 말도 못하고 울음을 삼켰을 때가 있었어. 눈으로 알아주기를 바란 적이 있었어. 절대로 모른 척하면 안 돼. 아까는 꼭 저 여자애만 한 학대아동 기사를 읽었다.

마음이 아팠다. 눈물 꾹 참고서 아이들 손을 잡고 걸었다. 지켜주고 싶어. 세상에 아픈 아이가 없었으면 좋겠어.

며칠 후 여자아이를 마주쳤다. 학대아동이 아닐까 걱정했던 아이. 마스크를 쓰고 혼자 걷고 있었는데도 그애가 먼저 나를 알아보았다. 씽씽 자전거를 타고 지나가면서 나를 향해 큰 소리로 외쳤다.

"저번에 도와주셔서 고맙습니다!"

새까맣게 그을린 얼굴로 씩씩하게 웃으며 지나가는 그애에게 나도 마주 외쳤다. 힘차게 손을 흔들며.

"고마워!"

고맙다고 외치는 일이 이렇게나 기쁜 일이었나. 정말 기뻤다.

자세자세 타일러주시오

우리 집 어린이들과 기차를 탔다. 유아동반석을 검색해 '유아동반/편한대화' 객차를 예매했다. 해당 객차는 다소 시끄러울 수 있으며, 지나친 소음이 다른 고객의 대화에 방해가 되지 않아야 한다는 안내를 숙지하고 기차에 올라탔다.

주말 오전 기차는 만석이었다. 어린이들과 기차를 타는 건 처음이라 걱정되었다. 나는 여러 번 일러주었다.

"여러 사람과 같이 기차를 탄 거야. 그러니까 사람들에게 피해를 주면 안 돼. 마스크도 꼭 쓰고 대화도 조용히 해야 해."

기차가 얼마간 달렸을 때, 어디선가 어린이의 목소리가 들렸다. 서너 살 정도 되었을까, 갓 말이 트여 짧은 문장을 감탄사처럼 말하는 어린이였다. 엄마! 어디 가? 저거 뭐야? 우와! 부모는 어린이를 조용히 타일렀다. 그런데 그때, 어느 노인이 호통을 쳤다. "시끄러워 죽겠네!" 그리고 이따금 어린이의 목소리가 들릴 때마다 노인의 호통은 나무람을 넘어 비난에 가까워졌다. "조용히 해. 여기가 너네 집 안방이야? 가정교육을 어떻게 시킨 거야?" 급기야 노인이 욕설을 내뱉었고, 객차 안은 싸늘해졌다.

어쩜담. 어린이와 부모가 느낄 마음이 걱정되었다. 나는 승무원에게 제지를 부탁했다. "안 그래도 민원이 접수되었어요." 그제야 돌아보니, 문 뒤에 어른들이 모여 승무원에게 이야기하고 있었다. 어린이를 염려하는 어른이 많았구나.

100년 전 방정환 선생은 어린이 선언문을 낭독하며 어린이들에게 당부했다.

"전차나 기차에서는 어른들에게 자리를 사양하기

로 합시다. 입을 꼭 다물고 몸을 바르게 가지기로 합시다."

그리고 어른들에게 부탁했다.

"어린이를 책망하실 때는 쉽게 성만 내지 마시고 자세자세 타일러주시오."

객차 안 어린이가 들어야 할 말은 비난과 욕설이 아니라 자세한 타이름이 아니었을까.

우리 모두는 어린이였다. 어린 시절 버스와 기차를 타고 다니며 일러주었던 부모의 말과 공공장소에서 보여주었던 어른들의 태도를 배우며, 타인을 배려하고 관용을 베푸는 어른으로 자랐다. 더 많이 알고 경험한 어른이 방정환 선생의 말처럼 '자세자세' 타일러주고 지켜봐주기에 어린이는 공공예절을 배운다. 크고 작고 다른 우리는 그렇게 함께 살아간다.

소란이 지나가고, 정차한 역에서 승객들이 바뀌었다. 갓난아기를 안은 부모가 우리 앞에 앉았다. 아기는 방긋방긋 웃다가 응애응애 울었다. "아기가 왜 울어요?" "아기는 왜 이렇게 작아요?" 우리 집 어린이들의 물음에 웃으며 답해주었다.

"너희도 울음으로 말하던 조그만 아기였어."

갓난아기와 어린이들과 어른들과 함께, 우리는 기차를 탔다.

맛있게 잘 먹었습니다

한바탕 감기를 앓았다. 집밥이 그리운데 밥 지을 기운은 없고 그래도 믿는 구석이 있었다. 배달 앱에서 '할머니보리밥'을 찾았다. 보리밥과 청국장을 파는 나의 랜선 단골집. 여기 음식은 어릴 적 할머니가 지어준 밥처럼 정성스러운 손맛이 느껴졌다. 먹고 나면 속도 편안해서 할머니가 손바닥으로 배를 쓸어준 것처럼 기운이 났다.

집밥 같아요.

진짜 울 할머니 밥상 같아요.

먹다가 몇 번을 기절했나 몰라요.

배달 앱에서도 인기 많은 식당이라 리뷰가 많았지만 주인 답글은 없었다. 딱 한 번, 다분히 공격적인 별점 테러와 악성 리뷰에 달린 단호한 답글이 유일했다.

저희는 매일 아침 모든 음식을 준비하여 판매합니다. 김치랑 나물도 모두 직접 만듭니다.

식당 주인은 어떤 사람일까? 이런 강단 있는 자부심이 맛의 비결인 걸까? 로드 뷰로 찾아본 식당은 오래되었지만 깔끔한 외관에 단출한 메뉴가 큼지막하니 완고한 글씨체로 붙어 있었다.

보리밥과 청국장을 시켰다. 고슬고슬한 보리밥에 무생채, 고사리, 당근, 버섯, 콩나물, 취나물, 궁채나물이 양껏 들어 있었다. 특히나 별미인 궁채나물은 여기 보리밥에서 처음 먹어봤다. 아삭한 식감에 토란대 같기도, 고구마순 같기도 한 담백한 맛이 고슬고슬한 보리밥과 뒤섞여 입맛을 돋웠다. 바글바글

되직하게 끓인 따끈한 청국장 한 숟갈 떠먹자 뭉근
하게 속이 데워졌다. 보리밥에 나물들 한데 넣어 청
국장 싹싹 비벼선 한 그릇 뚝딱 비웠다. 맛있다. 살
것 같다. 든든한 힘이 차올랐다. 나는 리뷰를 남겼다.

할머니보리밥집 할머니 만나보고 싶어요. 보리밥이
랑 청국장 먹은 힘으로 내일도 잘 살 수 있을 것 같아
요. 맛있게 잘 먹었습니다. 할머니 건강하세요!

얼마 후 뜻밖에 주인의 답글이 달렸다.

정말 감사합니다. 할머니보리밥의 할머니는 저희 시
어머님이세요. 어머님이 너무 좋아하세요. 집밥 생각
나실 때 종종 들러주세요. 변치 않는 맛을 위해 노력
하겠습니다.

모든 마침표에 붙어 있는 눈웃음 이모티콘. 다정
한 고부의 웃는 얼굴이 두둥실 떠다니는 것 같았다.

스마트폰 너머에 사람이 있다. 청국장이 얼마나 품이 많이 드는지, 나물이 얼마나 손이 많이 가는지 만들어본 이는 안다. 매일 아침 식당 문을 열고 재료들을 다듬고 썰고 데치고 볶고 버무리고 끓이고 그릇에 담아내어 보내주는 사람의 손길이 있다. 요리처럼 정직한 정성이 어디 있을까. 덕분에 겨우 배달음식이 아니라 무려 집밥 한 상을 먹는다. 변치 않는 정직한 정성에 정직한 마음을 전송한다. 모쪼록 힘이 나는 씩씩한 인사로. 맛있게 잘 먹었습니다.

노래를 불러주는 마음으로

열 살 무렵 눈이 많이 내리는 작고 추운 마을에 살았다. 크리스마스이브에 단짝 친구를 따라 교회를 갔다. 복슬강아지처럼 잘 웃고 잘 뛰어다니던 친구가 눈을 반짝이며 말했기 때문이다.

"같이 갈래? 우린 밤새 버스를 타고 노래를 부르러 다닐 거야."

유년부와 청년부가 모여서 새벽 송*을 돌고 크리스마스 아침까지 시간을 보낸다고 했다. 엄마에게

---

* 성탄을 축하하며 성탄절 이른 새벽에 각 가정을 돌며 아기 예수의 탄생 소식을 전하며 부르는 노래

허락을 받고 친구와 작은 버스에 올라탔다.

　자정에 가까운 밤, 버스는 노란 헤드라이트를 비추며 눈 덮인 산길을 쿠르르르 달렸다. 평소라면 잠들었을 깊은 밤에 친구와 언니, 오빠 들과 버스를 타고 어딘가로 향하는 기분은 몹시도 들떴다. 눈이 많은 마을이었다. 가로등과 달빛에 반사된 눈은 희었고, 나무들마다 두툼하게 눈을 덮고 있었다. 버스 안에는 노랫소리와 웃음소리가 떠다녀서 창밖은 겨울이어도 따스하게 느껴졌다. 겹겹이 껴입은 외투 때문에 둥실한 눈사람이 된 것 같은 기분으로 나는 친구와 동그랗게 마주 웃었다.

　깊은 산골로 들어간 버스는 때때로 외딴집 앞에 멈춰 섰다. 우리는 조잘거리며 버스에서 내렸고, 대문을 두드리기도 전에 아이들 소리에 서둘러 나온 어르신들이 우리를 반겨주었다. 메리 크리스마스! 우리는 씩씩하게 인사하고 노래를 불렀다. 그 밤. 크리스마스이브에 사방이 눈으로 덮인 산골 어디쯤에서 우리는 노래를 불렀다. 노래를 듣던 얼굴들은 하나같이 미소 짓고 있었다. 노래가 끝나면 어르신들이 곶감이랑 귤, 고구마 같은 간식들을 안겨주셨다.

　새벽이 깊어서야 마지막 집에 들렀다. 가장 깊은 산골이었다. 집까지 버스가 닿을 수 없어서 모두 내려 눈을 밟으며 언덕길을 올랐다. 꼭대기에 반짝이는 집 하나. 할머니 한 분이 우리를 반겼다. 고요한 밤 거룩한 밤 어둠에 묻힌 밤. 마지막 노래가 끝났을 때, 우리는 추위와 졸음에 조금 지쳐 있었다. 할머니는 집에 들어오라고 했다. 할머니의 집은 작고 깨끗하고 추웠다. 단출한 세간이 한눈에 보였다. 전기장판과 그 위에 이불 한 채. 우리는 전기장판에 다닥다닥 붙어서 이불을 덮고 언 몸을 녹였다.

　까만 봉지를 들고 온 할머니는 아이들에게 무언가 한 줌씩 꺼내 쥐어 주셨다. 유가사탕이었다. 할머니는 조용했지만 웃음이 넘치는 분이셨다. 활짝 웃으며 머리를 쓰다듬고 또 쓰다듬고. 가장 어렸던 나와 친구를 아주 예뻐해주셨다. 할머니와 유가사탕을 까먹었다. 다디단 하얀 사탕을 나란히 오물거리며 노곤해져 달게 웃었던 우리들.

　돌아오는 버스에선 모두가 잠들었다. 교회에 도착해 애써 잠을 이기며 놀다가 새벽 예배를 드렸다. 너무 졸려서였을까 아니면 아예 잠들어버렸나. 다음 날 밝은 크리스마스의 기억은 하나도 남아 있지 않다. 노래를 부르던 밤의 기억만이 선명하다. 크리스마스 캐럴을 들을 때마다 그 밤이 떠오른다. 훗날 어른이 되고 알 수 있었다. 한밤중에 찾아온 아이들의 노랫소리가 얼마나 귀한 선물이었을지.

　저물어가는 겨울에 혼자인 사람을 생각한다. 고요한 밤 거룩한 밤 어둠에 묻힌 밤에. 잠들지 못하고 뒤척이는 혼자인 사람에게 똑똑, 문을 두드리고 노래를 불러주고 싶다. 노래가 끝나면 우리 유가사탕을 나눠 먹을까요. 다디단 하얀 사탕을 나란히 오물거리면서, 동그랗게 마주 웃으면서. 그만큼의 마음이라도 나눌 수 있다면 이 겨울은 따뜻할 텐데요.

2부

잘 헤어지지
못하는 사람의
사랑

커다란 등나무 흔들의자에는

엄마는 잘 헤어지지 못하는 사람. 엄마네 집에는 헤어지지 못한 옛날 것들이 늙어간다. 내가 아홉 살 때 들여온 등나무로 만든 동그란 식탁과 의자 네 개, 그리고 커다란 흔들의자는 엄마의 기쁜 추억 레퍼토리 속 단골 가구들이다.

동네 가구 가게에 있던 등나무 가구들을 오가며 눈여겨봤던 엄마. 너무 비싸서 눈으로만 매일 담다가 결국 크게 결심하고 집에 들였던 날 얼마나 기뻤는지 모른다고. 밤마다 아버지의 난리 통에 긁히고 패이고 부서지기 일쑤였지만, 엄마는 등나무 의자들을 여러 번 고쳐 여전히 집에 두었다. 우리 집이 없던 시절에는 이모 집들 창고를 전전했던 가구들이 엄마 집이 생기고 나서야 제자리에 돌아온 듯 편하게 자리 잡았다.

엄마는 하필 왜 등나무가 좋았을까. 특유의 휘는 성질을 간직한 등나무 가구들은 다들 동그랗게 감싸는 모양새에 매끄러운 나무 질감, 바닷가의 환한 모래색을 가졌다. 눈으로 보아도 손으로 만져도 다정한 감이 있다. 어쩌면 엄마가 만들고 싶었던 집도 그런 형태와 촉감과 색깔이 아니었을까.

특히나 나는 베란다 창가에 놓인 등나무 흔들의자에 폭 안기듯 앉아서 책 읽는 시간을 좋아했다. 그런 나를 볼 때마다 엄마는 "우리 딸은 어쩜 책 보는 걸 좋아하니. 그럼, 그 시간이 제일 행복하지"라며 흐뭇해했다. 그런 엄마의 웃음이 좋아서 엄마의 자랑이 되고파서 나는 더 폭 파묻혀 책을 읽곤 했다.

엄마네 작은 집은 책으로 가득해서 책장과 테이블, 선반과 바닥에도 책들이 나뭇가지처럼 자라났다. 책들이 우거진 방 가장자리, 커다란 등나무 흔들의자에 담요를 덮고 앉아 책을 읽고 있자면 나도 나무가 되는 것 같았다. 낡고 오래된 책 냄새가 나는 둥 그런 등나무. 훗날 나의 기쁜 추억 레퍼토리가 될 것이 분명하다.

그러나 시간은 흐르고 낡은 건 더 늙어버리고. 식탁의자 두 개는 결국 세월을 이기지 못하고 부러져서 버려야 했다. 흔들의자도 아래 지지대가 다 부서져 벽에 비스듬히 세워 간신히 고정해둔 격이었다. 이제 엄마네 집에 가면 고치고 또 고친 식탁 의자에 앉아서 밥을 먹고, 고장 난 흔들의자에 조심스럽게 앉아서 책을 읽는다. "얘네를 차마 어떻게 버리니"라는 엄마의 말에 대답이라도 하듯 의자들은 앉을 때마다 히이유 소리를 낸다.

"엄마, 이걸 아직도 가지고 있었단 말이야?"

"너네가 풍곡서 강아지 인형 귀 하나씩 들고 끌고 다니던 게 눈에 선하더라."

엄마 방 침대맡에 얌전히 앉아 있는 하얀색 강아지 인형을 발견했다. 베란다 묵은 청소를 하다가 짐

속에 숨어 있던 걸 찾았다고. 여섯 살 때, 사촌 언니가 남동생이랑 나한테 선물로 주었던 인형이었다. 인형 하나로 싸우지 말라며 사이좋게 너희들 이름 뒷글자를 하나씩 따서 '리지'라고 부르자 했던 인형. 줄을 당기면 '사랑해' 말하던 인형. 그 인형을 엄마는 여전히 가지고 있었다.

서안, 지안은 리지가 마음에 드는지 내내 껴안고 뒹굴며 가지고 놀았다. "얘 이름은 리지야. 수리, 수지에 뒷글자로 이름 지었어. 벌써 서른 살이 되었네" 말해주자 아이들이 그런다. "엄마, 얘 이름은 이제 '서지'야. 서안 지안 앞글자로 우리가 지어줬어"라고. 아이들에겐 고갤 끄덕였지만 '얘는 영원히 리지일 거야' 좀 유치하지만 단호한 마음이 되어 뻣뻣한 리지의 털을 탈탈 털어 다시 제자리에 두었다. 리지의 까만 눈동자가 나를 마주 보았다.

리지 귀를 들고 다니던 아가가, 등나무 테이블이 높았던 아홉 살이, 등나무 흔들의자가 방공호 같았던 스물이, 이젠 엄마가 되어 두 아이를 껴안고 더 이상 움직이지 않는 흔들의자에 폭 안겨 있다. 엄마는 그런 나를 본다. 자글자글 웃으며.

엄마의 집에는 추억이 눈에 선해 헤어지지 못한 옛날 것들이 늙어간다. 등나무 의자들은 말없이도 오래도록 자리를 내어주었고, 리지는 '사랑해' 말 못 해도 엄마의 머리맡을 지킨다. 잘 헤어지지 못하는 엄마의 사랑. 잘 헤어지지 못하는 엄마는 그 모든 추억들 가운데 가장 빨리 늙어가지만 그래서 더 굳건히 사랑을 안다.

폭닥 덮어주고 폭닥 껴안아주는

폭닥하게. 엄마는 언제나 두툼한 목화솜이불을 덮어주었다. 매일 밤 나는 가슴팍 묵직하게 이불을 얹다시피 한 채로 뜨뜻하게 잠들었다. 지금도 반듯하게 하늘을 보고 누워 목까지 이불을 폭닥 덮어야만 깊이 잠드는 건, 어려서부터 엄마의 솜이불을 덮으며 잠들었기 때문일 테다.

수리야. 이불이 좋아야 된단다. 엄마는 이불을 애지중지 아끼는 사람. 엄마네 집에는 가지런히 개어둔 두꺼운 이불들이 방 모퉁이 한편을 다 차지하고 있다. 팡팡 두드리면 봉곳하게 올라오는 좋은 이불만, 한 땀 한 땀 수놓은 예쁜 이불만 있는 건 아니다.

닳고 닳아서 새로 천을 덧대 기운 이불도 여럿 있다. 그런 이불들은 대개 할머니가 쓰던 이불이다.

내가 가장 좋아하는 할머니의 이불은 해바라기 자수가 놓인 여름용 인견 이불. 가장자리가 오래되어 다 해진 탓에 살구색 바탕에 빨간 잔땡땡이가 그려진 천으로 덧대어 기워두었다. 바닷가 할머니네 집에 놀러 가 자던 여름밤, 「토요명화」를 보던 할머니 곁에 누워 덮고 자던 그 이불이었다. 아직도 이불을 만지작거리자면 마른풀 같은 할머니 냄새가 나는 것 같다. 그러고 보면 할머니도 참 이불을 아꼈지. 묵직한 목화솜이불을 여러 채 접어서 옷장 위에 올려두곤 했으니까. 내가 놀러 가는 날이면 좁은 방에 온갖 이불들이 뭉게뭉게 채워졌더랬다. 나는 갓 태어난 아기처럼 구름 같은 이불 품에 안겨 잘도 잤었다.

엄마와 통화하던 하루, 이불 얘기가 나왔다.

"엄마는 다 잊어버리고 있었는데 순자이모가 그러더라. 야야. 명숙아, 명숙아. 내가 창고서 뭘 발견했지 아니? 하고선 얘기하는 거야. 엄마 짐들이 여러 개라 다 어디로 분산된지 모르잖아. 우리가 힘들게 살 때 온데 정신없는데 짐을 막 이모들네 여기저기 맡겨두고는. 근데 순자이모네 집 창고에 뭔 상자가 있어서 열어봤대. 그랬더니 할머니 솜이불이 있더란다. 딸아, 엄마가 솜이불을 좀 좋아하잖니. 근데 할머니 솜이불을, 할머니 꺼를 다 못 버리고서. 이래봤더니 하나는 좀 멀쩡한데 다른 것들은 너무 여러 번 기워가꼬 다 헐어가지고. 그 이불을 보는데 이모가 막 눈물이 폭 쏟아지더래."

"할머니 솜이불을 엄마가 그렇게 모아둔 거야?"

"응. 내가 있잖아. 그거를 꼬매고 꼬매고 덧붙이고 꼬매고 해갖고. 그거를 얼마나 꼬맸으면 다 헐어가지고. 엄마는 정말 그게 너무 귀하잖아. 옛날 솜, 할머니 솜이불. 그래서 지금도 할머니 솜이불을 못 버리잖아. 밑에 다 깔아두고 살잖아. 할머니 이불 노랑 거 분홍 거 이런 거 쫌 촌스럽지만 버릴 수가 없잖니. 순자이모가 그걸 보니까 눈물이 폭 쏟아지더래. 있지. 그때는 내가 너무 가난하니까 그걸 어떻게든 갖고 있어야겠다는 마음도 있지만. 그걸 꼬매고 꼬매서, 우리 엄마 꺼를 차마 못 버리겠는 그런 마음이 있는 거야. 수리야, 너랑 나랑 자라면서 울 엄마가 덮어주던 거를. 엄마가 너무 보고 싶고. 엄마 냄새 남겨놓고 싶고. 눈물 폭 쏟아지는 소중함이. 아꼬와 죽겠지.”

　암, 나도 알지. 나도 그런 게 너무 소중해 엄마. 할머니가 쓰던 솜이불 하나 버리지 못하고 기우고 덧댄, 엄마의 미련스럽도록 아까운 애정과 너무 넘쳐서 못 버리는 다정 같은 것들. 그런 거 전부다.

　다 커서도 뒤척이는 밤에는 엄마네 집에 가고 싶어진다. 여름에는 가슬가슬한 해바라기 인견 이불을 코까지 끌어 덮고선 할머니 냄새 맡고, 겨울에는 엄마가 내어주는 두툼한 목화솜이불을 목까지 끌어 덮고선 푹 잠들고 싶다. 나의 엄마들은 여전히 나를, 폭닥 덮어주고 폭닥 껴안아준다.

초원의 풀처럼 자랐지

비 오는 날이면 마지막까지 학교에 남아 있었다. 하굣길에 갑자기 쏟아지는 비. 미처 우산을 가져오지 못한 아이들은 교실에서 비가 그치기를 기다렸다. 그사이 엄마들이 하나둘 우산을 들고 데리러 왔다. 누구야. 엄마! 반가움과 애틋함이 오가고 그렇게 모두 떠나면 나만 달랑 남았다. 나는 책가방을 야무지게 앞으로 고쳐 매고 학교를 나섰다. 비를 맞으며 걸었다.

엄마는 한 번도 우산 들고 마중 나온 적이 없었다. 어렸을 땐 원래 그런 건가 보다 했고, 아홉 살 때 큰 학교로 전학을 가고 나서야 우리 엄마가 좀 특이하

단 걸 알았다. 반 아이들이 엄마와 우산을 나눠 쓰거나 차를 타고 떠나갈 때, 처음으로 이상한 기분이 들었다. 우리 엄마도 오려나? 내심 기대하며 기다렸다. 하지만 엄마는 오지 않았고 비는 좀처럼 그치지 않았다. 나는 비를 쫄딱 맞으며 집으로 걸어갔다.

비에 폭 젖어 집에 도착했을 때의 풍경을 잊지 못한다. 엄마는 집에 있었다. 커피를 마시며 비 내리는 창밖을 바라보고 있었다. 라디오에선 노래가 흘러나오고, 엄마는 우아한 배우처럼 커피 잔을 들고 나를 돌아보며 말했다.

"딸, 비는 잘 맞고 왔니?"

방그레 웃는 엄마. 비 맞으면서 걸으니까 어때? 물웅덩이도 생겼던? 신나게 놀다 왔어? 있지, 사람도 식물 같아서 햇볕도 쬐고 비도 맞고 눈도 맞아야 쑥쑥 자란단다. 비 맞는 게 싫으면 미리 우산을 챙겨가렴. 우리 엄마는 그런 엄마였다. 덕분에 나는 해마다 내리는 비도 눈도 펑펑 맞으며 초원의 풀처럼 자랐다.

언젠가 가수 이적의 인터뷰 기사를 읽었다. 한 번

도 우산을 들고 자신을 마중 나온 적이 없는 엄마에 대한 이야기였다. '제 반응은 "울 엄마 안 와? 서럽네"가 아니라 "울 엄마 멋있다"였어요. 어찌 보면 저희 모자가 같은 '과'인데, 저는 엄마가 저를 애가 아니라 독립적인 어른으로 존중했다고 느꼈어요. 그래, 이왕 젖은 거 흙바닥에서 신나게 놀자 했죠. 그게 지금껏 멋진 기억으로 남아 있어요'라는 대답이 마치 내 마음 같았다.

우산은 물론이고, 자라는 동안 엄마가 준비물을 대신 챙겨준다거나 숙제를 도와준 적은 없었다. 따로 장난감을 사준 적도 없었다. 학교 통장에 저축할 돈도, 군것질도, 장난감도, 모두 네가 하고 싶은 일이니 네 용돈에서 아껴 쓰라 했다. 보라색 드레스를 입은 오천 원짜리 바비 인형을 사고 싶어서 5개월 동안 문방구 앞을 서성이다가 용돈을 모아 샀다. 내 유일한 바비 인형이었다.

덕분에 나는 어려서부터 내 몫의 삶을 야무지게 살았다. 어린이가 혼자 한 것들이니 잘하거나 멋지거나 풍족하거나 완벽하진 않았다. 하지만 내 손으로 내 것을 만들고 이루었다는 성취감은 언제나 뿌듯했다. 친구들이 부러울 때도 더러 있었지만, 한 번도 엄마에게 서운하다고 생각한 적은 없었다. 오히려 "역시 우리 엄마답다"고 동생이랑 지금도 웃으며 얘기한다. 엄마는 궂은 삶을 살아내면서도 자기만의 기품과 고집을 간직했다. 나는 그런 엄마가 멋지다.

우산 없이 비를 맞으며 자랐다. 어릴 땐 비가 오면 밖으로 나가 놀았다. 나처럼 우산 가져올 엄마가 없던 친구들이랑 웅덩이 너머 또 웅덩이 첨벙첨벙 길을 만들며 뛰어놀았다. 중고등학생 땐 비만 오면 후다닥 달려 나가 비를 맞다가 교실로 돌아왔다. 대학생 땐 비를 맞으며 걸어가다가 누군가 우산을 씌워주는 로맨스를 만나기도 했다. 눈이 와도 마찬가지였다. 이상할 게 없었다. 나에게 비와 눈은 맞는 것이 아니라 만지는 거였으니까.

여전히 선명히 기억나는 하루가 있다. 유치원 끝

나고 집으로 돌아오던 일곱 살의 나. 그때 나는 겨우 네 가구가 전부인, 버스가 하루에 두 번 들어오는 산골 마을에 살고 있었다. 유치원에서 집까지 어린이 걸음으로 30분이 넘는 거리였지만 혼자서도 거뜬히 걸어 다녔다.

여름. 비가 내리고 있었다. 일곱 살의 나는 비를 맞으며 흙길을 걸었다. 숲이 우거지고 길가로 작은 개울이 흘렀다. 개울물 소리, 흐르는 물 위로 빗방울이 떨어지는 소리와 이파리마다 빗방울이 떨어지고 튀어 올라 서로 부딪치는 소리가 노래처럼 들려왔다. 나는 물웅덩이를 찰방찰방 밟으며 손바닥에 떨어지는 비를 만지며 걸었다.

종종 조그만 개구리가 나타났다. 개구리 걸음에 멈춰 섰다가 따라 걷다가 폴짝, 헤어지곤 했다. 걷다가 금방 또 멈춰 서서, 비에 젖은 꽃이나 풀, 돌멩이나 달팽이 같은 것들을 빤히 보다가 만지작거리다가 다시 걸었다. 나무 아래를 걸으면 빗방울이 불규칙하게 떨어졌다. 토독. 토도독. 떨어지는 비를 맞을 때

마다 마음에 고인 무언가 일렁이며 잔잔히 퍼져 나
갔다. 혼자인 나는, 조금 외롭고 쓸쓸하고 어쩐지 슬
프기도 했지만 행복했다. 뭐랄까 그건 뭉클함에 가
까운 마음이었다.

  아이 혼자 걸어 다녀도 안심할 수 있고, 깨끗한 비
가 내리던 시절의 이야기다. 그런 시절을 살았던 나
는 아주 소중한 선물을 숨겨둔 듯 훗날에도 자주 그
날을 꺼내어본다. 일곱 살의 나는 비의 아름다움을
알고 있었다. 혼자의 완전함을 알고 있었다. 어쩌면
나는 그때부터 이야기를 쓰는 사람이 되었을지도 모
르겠다.

엄마의 취미와 특기

우리 엄마의 취미는 배우기다. 멀리에 혼자 사는 엄마가 마음 쓰여 자주 전화를 거는데 엄마는 그때마다 바쁘다. "엄마가 지금 뭐 배우고 있어"라며 대단히 중요한 비밀을 몰래 알려주는 사람처럼 속삭이곤 뚝 전화를 끊는 엄마. 대체 뭘 하기에? 나는 안달이 난 채로 전화를 기다린다.

엄마는 붓글씨를 쓰고 있었다고 했다. 옮겨 쓰고픈 글이 있어서 서예를 배우기 시작했다고. "선생님이 어찌나 꼬장꼬장한 할아버지인지, 휴대전화 울렸다고 엄마 막 혼난 거 있지." 볼멘소리로 대답하는 엄마.

어느 날엔 엄마가 기운 하나 없는 목소리이기에 서예 선생님께 또 혼났냐고 물었다. "얘는, 그만둔 지가 언젠데. 요즘은 현대무용 배워. 재밌는데 엄청 힘들다. 그런데 딸, 엄마가 춤을 처음 춰보는데 너무 자유롭다? 파랑새가 된 거 같아. 훨훨 날아다녀." 호 호호 웃는 엄마.

언젠가는 불쑥 '수리야' 뜻이 뭔지 아냐며 전화가 왔다. "엄마가 요가 배우잖니. 요가 시작할 때마다 딸 생각난다. '수리야 나마스카라(Surya Namaskar)'는 태양을 보고 인사하는 자세래. 글쎄, 수리야(Surya)가 산스크리트어로 '태양'을 뜻한다는 거야. 네 이름이 얼마나 국제적인 이름이니. 수리야, 너도 태양처럼 사람들 많이 많이 따뜻하게 만들어줘."

젊은 수강생들 뒤에 외따로 떨어져 요가 하는 시간이 엄마는 충분히 행복하다고 한다. 요가 매트만큼의 엄마의 세상. 조용히 호흡하고 천천히 움직이다가 가만히 기뻐하는, 그런 엄마를 생각하면 나이 든 갈색 고양이 한 마리가 떠오른다. 갈색 털은 빳빳

하고 윤기를 잃었지만, 느리고 차분한 몸짓은 우아하고, 녹색 눈동자는 깊고 푸른. 나는 그런 엄마가 아름답다.

엄마는 혼자서도 자기 자신과 사이좋게 지내는 사람. 그만두기도 시작하기도 쉽지만 다시, 또다시 배운다. 이상하고 자유로운 삶을 다시, 또다시 시도해본다. 그런 사람에겐 모든 실패와 시작이 경험이고 감탄이라서, 오래도록 혼자였지만 엄마의 세상은 선명하고 다정하다.

바쁘게 일하다가 엄마의 메시지를 뒤늦게 확인한 날이었다. 엄마는 캘리그래피를 배워봤다며 처음 그린 작품 사진을 보냈다.

엄마가 글씨를 못 쓰잖아. 그래도 이건 예쁘게 써보고 싶었거든. 붓글씨보단 낫다.

엄마의 첫 작품에 눈물이 핑 돌아 바로 답장하지 못했다. 동그란 달 아래 내가 처음 만든 책 제목이 그

려져 있었다. 아무리 참아보려 해도 이어진 엄마의
메시지는 나를 울리고야 만다.

> 우리는 달빛에도 걸을 수 있다. 긴긴밤이었어도 우리
> 잘 걸어왔잖니. 사랑하고 사랑한다. 딸아.

한결같이. 엄마의 특기는 사랑이다.

인생은 이상하고도 아름답단다

　노란 은행잎이 거리를 폭닥 덮으면 엄마랑 폭신폭신 바닥을 밟으며 걸어가 비디오레이프를 빌려왔다. 집에 돌아와 커튼을 닫고 이불을 깔고 있자면 엄마는 따뜻한 믹스커피와 좋아하는 크래커를 쟁반에 담아왔다. 우리는 나란히 앉아서 비디오레이프를 재생했다.

　시간이 가라앉은 듯 어둑한 방 안에는 커피향이 은은하고 텔레비전 불빛이 반짝였다. 엄마랑 크래커를 커피에 찍어 먹으며 영화를 보았다. 나는 커피를 마실 줄 모르는 아이였지만, 이때만큼은 어딘가 외딴 세계에 숨어들어 엄마와 친구가 된 것 같았다. 우리는 어른의 세계와 아이의 세계를 사이좋게 나누는 둘도 없는 단짝 친구. 돌아보면 그 시간은 은행잎을 밟으며 걷던 노란 시간을 닮아서 안전하고 평온했다.

「죽은 시인의 사회」를 볼 때 엄마는 뜯어진 이불깃을 꿰매고 있었다. 내가 옆에 누워 졸고 있으면 엄마는 머리칼을 쓸어 넘기며 "딸, 이 장면은 봐야 해" 하고 속삭였다. 키팅 선생님이 학생들에게 자유롭게 걸어보라고 말하는 장면이었다. 주춤거리던 학생들은 저마다 다른 걸음걸이로 걷기 시작했다. 혼자 멈춰 있던 학생은 걷지 않을 권리를 행사하고 있다고도 말했다. 엄마가 소곤거렸다. "너는 어떻게 걷고 싶니?" 순간 머리가 팽, 하고 당겨지는 기분이 들었다. 그때 엄마의 물음은 이불깃을 단단하게 꿰맨 무명실처럼 나를 붙잡았다.

「시네마 천국」을 볼 때 나는 아버지를 잃은 토토와 눈이 먼 알프레도 아저씨가 가여워서 뚝뚝 울고 있었다. 왜 영화에선 나쁜 일들이 아무렇지도 않게 벌어지는 걸까. 알프레도 아저씨가 토토를 위해 검열에 잘린 키스 신을 모아둔 필름 뭉치를 영사기로 돌려보는 마지막 장면에 이르렀을 때, 나는 영화의 의미도 야릇한 키스 신도 다 이해할 순 없었지만 어째선지 눈물이 핑 돌았다. 엄마는 오래 산 할머니처럼 말했다.

"인생은 이상하고도 아름답단다."

좀처럼 알 수 없었던 알프레도 아저씨의 말처럼 엄마의 말도 어려웠다. 세상에는 슬프지만 아름다운 것들도 있는 것 같다고, 나는 울면서 고개를 끄덕였다.

엄마와 「안토니아스 라인」 「마농의 샘」을 보았다. 「흐르는 강물처럼」 「가을의 전설」 「굿 윌 헌팅」을 보았다. 엄마는 어린 나에게도 사랑과 비극과 오해와 죽음과 삶이 펼쳐지는 영화들을 가리지 않고 보여주었다. 좋아하는 영화를 여러 번 보던 엄마. 봤던 영화를 다시 보다가도 좋아하는 장면들이 나오면 소곤거렸다.

어쩜. 이 장면은 꼭 봐야 해. 사랑은 좋지만 아프

지. 아파도 계속 아프고 싶지. 너도 나중에 알게 될 거야. 인생이란 건 알 수 없는 거야. 사실 엄마는 저런 삶을 살고 싶었는데… 사람은 그럴 수도 있단다. 결국 안아주는 것도 사람이지. 세상에 이해하지 못할 일은 없단다.

영화가 끝나고 불을 켜면 다 녹은 크래커 조각이 커피 잔에 남아 있었다. 식어버린 커피와 뭉그러진 과자와 얼룩진 커피 자국. 다시 우리 삶으로 돌아갈 시간이었다. 그러나 나는 이전과는 조금 달라져 있었다. 나는 돌아온 삶에서도, 사랑과 비극과 오해와 죽음과 삶 같은 것들을 어렴풋이 이해할 수 있었다. 언제나 극적이진 않을지라도 우리도 영화와 비슷한 삶, 그 어딘가를 살고 있다는 것도.

엄마와 보았던 영화들이 모두 선명하게 기억나진 않는다. 몇몇 장면들만 드문드문 잘린 필름처럼 남아 있을 뿐. 그러나 나에게 영화를 보여주었던 엄마 나이쯤 되자 알 수 있었다. 엄마가 어린 나에게도 거리낌 없이 영화를 보여주었던 이유를.「시네마 천국」의 알프레도 아저씨처럼, 엄마는 나에게 주고 싶은 장면들, 알려주고 싶은 인생들을 아껴 모아 선물했다는 것을.

그로부터 긴긴 시간이 흐른 뒤에, 영화보다 더 극적인 비극을 몇 번쯤 경험한 후에, 나는 엄마가 모아준 필름 뭉치들을 도르르 되감아보면서 생각했다. 그럼에도 사랑은, 그럼에도 인생은 이상하고도 아름답다는 걸. 엄마 덕분에 믿을 수 있었다.

젊을 때는 젊은지 모르지

수리야. 이제 엄마가 욕심 많이 안 낼란다. 나이 때문에도 힘들다. 뭔진 모르지만. 옛날에 생각할 땐 뭐 나이 때문에 그러나 했는데 정말 그런 게 있네. 젊음은 그냥 달라. 거기서 느껴지는 에너지는 가만히 있어도 그냥 보여.

내가 왜 옛날에 잊히지 않는 게. 나는 아직도 풍곡 유치원 선생님이 높은 신발 신고 자갈밭에 뛰어가던 거 생각나지 않니. 너네 풍곡유치원 다닐 때, 거기가 산골이라서 애들이 네 명밖에 없었잖아. 그런데 아침에 선생님 들어올 시간인데 애들이 다 밖에 가 있잖아. 강가에. 시골이니까 놀러 나가서는. 그래서 아침마다 선생님이 애들 찾으러 바깥에 다니는 거야.

그때 풍곡유치원에 새초롬하니 달님처럼 예쁜 선생님이 있었어. 평소에도 속눈썹까지 다 붙여서 화장하는 아가씨니까 너무너무 예쁘지. 힐 높은 신발 신꾸 애들 찾는다고 선생님이 자갈밭에 뒤뚱뒤뚱 걸어가는데. 엄마가 장날에 가다가 그걸 보면 그 뒷모습이 너무 예쁜 거야. 웃음이 나. 그냥 그런 젊음이 아름다운 거야. 그 풍경이. 젊을 때는 젊은지 모르지. 그렇게 예쁜지 모르지. 그렇더라, 수리야.

그래. 딸, 오늘도 잘하고. 아니, 잘하려고 하지 말고 적당히 해. 뭔가 나서서 일을 한다는 건 어려운 거야. 너도 힘들 수 있어, 수리야. 그러니까 적당히 해. 할 때는 최선을 다하고. 너무 지치게 일을 몰아붙이지 마라. 그럼 여유가 없단다. 그리고 딸, 공부해야 해. 공부할 준비를 언제나 해. 내 지식에 한계가 올 때가 있어. 그래서 자꾸 공부하라고 하는 거야. 그래도 엄마가 이래 보면 공부할 때가 힘들지만 가장 행복했던 거 같애. 지금도. 공부할 때가 제일 행복했어.

유치원생 네 명이 전부인 산골에 살 때 엄마는, 낮에도 어둑했던 방 한구석 낮은 책상에 앉아 스탠드를 켜두고 공부하곤 했다. 학교 선생님이 교대를 가라고 할 정도로 공부를 잘했지만, 딸만 다섯인 집에 넷째 딸인 엄마는 공부 대신 결혼을 택하고 나를 낳았다. 내가 일곱 살이 되었을 때야 다시 공부를 시작했다.

 우리가 잠들면 책상에 앉아 라디오 강의를 들으며 뭔갈 열심히 밑줄 긋고 쓰던 엄마. 생각해보면, 풍곡 유치원에 달님 같은 선생님이랑도 엄마는 겨우 대여섯 살 차이가 났을 뿐인데, 장 보러 가던 엄마는 자기 말고 아가씨 같던 그 선생님이 젊다, 예쁘다 한다. 그때의 엄마를 기억할 사람은 나밖에 없다.

 그때 엄마는 젊었나 예뻤나. 그러기에 엄마는 언제나 엄마라서, 엄마는 늘 엄마 같아만 보였다.

 가끔. 낯설어 보이던 엄마를 기억한다. 깊은 밤, 잠든 척 실눈을 뜨고 훔쳐본 엄마는 강의를 들으며 공부하고 있었다. 노란 불빛, 라디오 소리, 구부정한 등, 굳게 다문 입술과 웃음기 없는 얼굴. 엄마는 어디에 있는 걸까. 어디로 가려는 걸까.

나는 엄마, 하고 부를 수 없었다. 엄마는 엄마 같지 않아 보였으니까. 엄마는 그때가 행복했다 한다. 엄마가 자기만의 세계에 빠져 있을 때, 나는 엄마가 낯설었지만 특별해 보였다. 내가 기억하는 젊은 나의 엄마는, 가만히 홀로 아름다웠다. 젊을 때 젊은지 모르던 엄마는, 아직도 자기 젊었을 때 얼마나 예뻤는지 모른다.

안아주는 마음

팔이 네 개였으면 좋겠다고. 아이 둘을 길러본 엄마라면 한 번쯤 이런 터무니없는 상상을 해보지 않을까. 엄마가 되어 내가 가장 많이 한 일은 안아주는 일이었다. 둘이 아니라 하나라면 온종일 엄마 품에 안겨 있었을 텐데…… 두 아이에게 어떻게든 더 온기를 나눠주고 싶어서 틈만 나면 안았다. 팔이 두 개라서 미안했다.

쌍둥이 두 아이가 조그마한 아기였을 땐 양 팔에 하나씩 안고 젖 먹이고 트림시키고 달래고 놀고 재우기도 했다. 어느새 어린이가 된 아이들을 동시에 안기 어렵다. 가만히 안겨 있는 것보다 뛰어노는 게 훨씬 재밌어진 아이들은 엄마 품에 오래 머물지 않는다. 열심히 놀다가 갑자기 생각난 듯 엄마를 발견하곤 달려와 안기는 아이들을 그냥 꼬옥 안아줄 뿐이다.

이젠 팔이 두 개여도 충분하고, 만성통증에 시달리던 어깨와 등도 예전처럼 아프지 않다. 가끔 두 아이 뒷모습을 물끄러미 바라보곤 한다. 양팔이 머쓱하고 마음 한구석이 허전하다. 아이들은 쑥쑥 자란다. 가장 아쉬운 건 품에 안는 일이 줄어드는 것. 폭 안기는 지금의 품도 몇 해 지나면 달라질 것이다. 그래서 어른들이 '품 안의 자식'이라고 했던 걸까. 품 안의 아이들이 서서히 내 품을 떠난다. 아이들이 조금만 천천히 자랐으면 좋겠다고. 하루하루가 아깝다.

두 아이가 태어난 지 백일도 되지 않았을 때, 친정 엄마랑 아기 하나씩 안고 잠을 재운 밤이 있었다. 이불을 여러 겹 깔아둔 방 안에 작은 주홍색 등을 켜고, 우리는 아기를 안고서 등을 토닥이며 춤을 추듯 느릿느릿 움직였다. 엄마가 말했다.

"애기 안을 때가 젤루 행복해."

나는 고갤 끄덕였다. 조그마한 아기의 머리에 얼굴을 묻었다. 말랑한 머리에서 도근도근 심장이 뛰었다. 보드라운 머리칼에선 젖내와 비누 냄새가 뒤섞인 아기 냄새가 났다. 품에 안긴 작은 몸이 너무나 따뜻해서 누가 사랑의 풍경을 그려보라면 지금 이 순간을 그려보리라 생각했다. 충만하게 사랑하고 있다는 느낌. 아이를 낳기 전까지 안아주는 일이 이토록 따뜻한 몸짓인지 몰랐다. 사랑하는 일이 이토록 벅찬 일인지 몰랐다. 아이를 안는 것만으로 나는 행복해졌다.

또 어떤 밤에는 잠든 아이들 발치에 웅크려 누워 있는 엄마를 발견했다. 엄마는 한쪽 팔에 머리를 베고 모로 누워, 아기들 발을 만지작거리고 있었다. 엄마. 부르려다 말고 나도 곁에 누웠다.

"발이 어쩜 이렇게 조그마하니. 이 발로 어디를 걸어 다닐까나."

엄마가 혼잣말처럼 중얼거렸다. 그런 엄마가 너무 쓸쓸해 보여서 나는 어렸을 때처럼 엄마 품에 파고들었다. 엄마 냄새는 여전했다. 엄마가 잔잔히 웃으며 내 머리를 쓰다듬었다.

"우리 딸 오랜만에 안아보네. 아직도 애기 같은 게 애 둘 엄마라고. 시간 참 빠르다."

아이를 '안아준다'였다가, 아이가 '안겨온다'. 그러고는 결국 아이를 '안아보았다'로 변해가는 걸까. 엄마에게 '안아준다'는 말은 이토록 아리게 바래버리고 마는 말인 걸까. 오랜만에 서로를 안아본 우리는, 잠시간 어색하고도 서글픈 온기를 나눠가졌다.

표현이 살가운 딸이 아닌 나는 엄마를 안아준 적이 얼마 없었다. 돌아보니 1년에 몇 번. 아니 그보다도 더 조금. 그사이 엄마는 나보다 작아져 있었다. 엄마 품에 안긴 채 생각했다. 점점 어른처럼 커지는 아이들을 품에 안으며, 점점 아이처럼 작아지는 엄마를 품에 안으며 나는 자주 마음이 아플 것이라고.

그럼에도 더 많이 안아주고 싶다. 하고픈 말이 많

을수록 말문이 막혀버리는 마음을, 주고픈 마음이 넘칠수록 어찌할 줄 모르는 마음을 이제야 알 것 같아서. 사랑한다는 말로도 다 설명하지 못하는 이 마음을 전해주고 싶을 때마다 나는 두 팔을 벌려 안아줄 것이다. 아이를 안을 때, 그리고 엄마를 안을 때. 나는 더 잘 살고 싶어진다. 이들을 위해 최선을 다해 살아보고 싶어진다.

너는 영영 예뻐라

어린 시절 우리 남매는 자주 아팠다. 편도선이 약해서 툭하면 고열을 앓았는데 하필 그 시절엔 마을 버스조차 드문 깊은 산골짝에 살고 있어서 엄마 혼자 읍내 병원까지 두 아이를 데리고 다니기 어려웠다. 열이 오른다 싶으면 우릴 홀딱 벗겨 아랫목에 눕혀두고 미지근한 물수건으로 밤새 닦아주던 일이 엄마의 최선이었다. 앓다가 슬며시 눈을 뜨면 어룽어룽 엄마가 보였다. 그럼 엄마는 괜찮아 괜찮아 말해주었다. 손바닥으로 이마를 짚어주고, 배랑 등이랑 가만히 문질러주었다. 엄마의 손바닥에 안심이 되어 다시 설핏 잠이 들었다. 그런 밤이 얼마나 오래였을까만은, 어른이 되어서도 사랑받았던 기억을 떠올리자면 이상하게도 엄마의 손바닥에 온몸을 맡긴 그 밤의 느낌이 오랜 꿈처럼 어룽거린다.

아팠을 때 먹었던 음식들일랑 하나같이 희고 보드라웠다. 간장 한 방울 톡 떨어뜨려 먹는 흰죽, 마른 김에 싸 먹었던 갓 지은 흰밥, 그리고 엄마가 특별히 할머니에게 구해와 자주 구워주었던 엄마 손바닥 같던 가재미. '얼라 아플 때는 까재미가 제일이다'던 할머니 당부처럼 엄마는 가재미를 구워주었다. 엄마가 흰밥에 가재미 살 발라 한 숟갈씩 입에 넣어주면, 고분고분 오물거릴수록 은근하게 짭조롬하고 달큼한 감칠맛이 입 안에 스며들었다. 물수건으로 닦아주고 이마를 짚어주고 배랑 등을 만져주던 손길처럼 나는 순순히 괜찮아졌다.

의사들은 환자가 미음을 먹기 시작했을 때야 비로소 회복된 것이라며 기뻐한다던데, 엄마는 우리가 '제비 새끼마냥 한 입만 더 달라 입을 뻐금뻐금할 때야 괜찮아졌구나'라며 기뻤단다. 아플 때 먹던 음식들은 특별할 것 하나 없이 단순하지만 그 맛일랑 속을 뭉근히 데우도록 따스하고 순하다. 그래서일까. 어른이 되어서도 아프고 힘들 땐 어린 시절 먹던 단순한 음식을 찾게 된다. 엄마 손바닥 같은 가재미만 보면 나는 그리도 반갑다.

　내겐 두 번째 엄마 같은 존재가 있다. 엄마의 셋째 언니 순자이모. 집안 사정이 어려웠던 고등학교 시절에 나는 순자이모가 살던 도시에서 유학을 했다. 홀로 타지에서 기숙사 생활을 하던 내가 외로울까 힘들까 걱정하던 이모는 정말이지 나를 살뜰하게 보살펴주었다. 할머니 손맛을 가장 많이 닮았던 이모가 어찌나 맛있는 걸 잘해주었던지 수능 마치고 1년 만에야 나를 만난 엄마는 내 등짝을 때리며 솔짝솔짝 울었다. "이노무 기지배, 너 왜 이렇게 살이 쪘어?" 투실투실 살 오른 내 모습에 깜짝 놀라 울었단다. 그러거나 말거나. 공부하는 애기는 잘 먹어야 힘도 나고 훌륭한 사람이 된다던 이모는 내가 애기 엄마가 된

지금까지도 손수 만든 음식들 바리바리 싸서 보내주
곤 한다.

　봄에는 서안 지안 손을 잡고 할머니 집엘 놀러 갔
다. 환갑을 넘긴 순자이모는 고향에 내려와 바닷마
을 산동네 중턱에 있는 할머니의 빈집을 쓸고 닦고
살뜰히 가꿨다. 다시 한 동네에 살게 된 엄마랑 이모
는 할머니 집 담벼락에 조르르 꽃을 심었다. 집 주변
에는 호박이랑 고구마, 옥수수가, 담벼락에는 수국
이랑 백일홍, 장미가 바다를 보고 자랐다.

　할머니의 바다는 여전히 푸르고 엄마랑 이모가 심
은 꽃들은 바닷바람 맞으며 쑥쑥 자라 있었다. 바다
를 내다보는 꽃들이 바람에 흔들렸다. 가만 보고만
있어도 예쁘지 않니, 엄마랑 이모는 예쁘다 예쁘다
꽃을 처음 본 사람들처럼 감탄한다. 꽃들은 참 이야
기 많이 하게 한다고, 우리는 할머니 집에서 놀던 어
린 시절로 돌아가 별거 아닌 추억들 토도독 까먹으
며 많이 웃었다. 꽃들처럼 쑥쑥 자란 서안 지안은 할
머니랑 누워 자던 자리에서 뛰어놀았다. 애들 뛰노

는 소리가 나니까 사람 사는 집 같다며 이젠 할머니가 된 이모와 엄마가 말한다.

"햐, 세월 참 빠르다. 수리야. 니가 벌써 아 엄마가다 됐나. 내 눈엔 아직도 애긴데 니가 아가 둘이나 있다는 게 신기하다. 아들내미 둘이나 키우느라 고생이다. 그래도 그때가 행복이다. 애들은 쑥쑥 자라지. 꽃맨치로 돌아서면 쑥쑥 자라지. 예뻐라. 아주 예뻐라."

순자이모도, 우리 엄마도 나이 들수록 할머니 얼굴을 닮아간다. 그리고 할머니처럼 얘기한다. 점점 작아지고 자글자글해지는 그 얼굴들을 마주할 때면 마음 한구석이 찡해서 일부러 씩씩하게 웃는다.

헤어지는 길에 이모가 바닷바람에 말린 가재미를 한 보따리 챙겨줬다. 산 아래 어판장서 떼다 소소하게 말렸다고. 산 중턱 할머니 집에선 바닷바람이 바로 불어와 가재미를 꾸덕하게 잘도 말려준다. 육지 사람들은 모를 테지만 말린 가재미는 오래 보관할 수 있으면서도 비린내가 적고 감칠맛이 훨씬 깊어진다.

직접 말린 귀한 가재미를 이모가 한 보따리 담아주었다.

"얼라들은 가재미 최고로 잘 먹재. 이래 직접 한 거는 밖에선 못 사 먹는다. 밥 지어가 하나씩 꺼내가 꾸워줘라."

애 엄마가 다 된 나는 이제 이런 생선이 너무 귀한 걸 잘 알아서 "이모, 고마워요" 보따리를 소중히 끌어안고 히 웃었다. 그러자 이모가 불쑥 북받치는 얼굴로 "어유, 애기야" 나를 콱 부둥켜안았다. 그러곤 손바닥으로 등을 쓸어주었다.

"수리야. 너는 영영 늙지 마라. 지금처럼 영영 예뻐라."

차글차글 차그르르. 이모가 준 가재미를 꺼내 구울 때마다 뭉클 일렁였던 이모의 마음이 와닿아 차그르르 파도친다. 아이들 낳아 먹이고 돌보고 안아볼수록 파도치는 마음이 먹먹해진다. 뭉근히 잘 데워진 마음 한구석에 서글픈 한기가 스밀 때면 내가 자라온 시간을 돌아본다. 그럼 어김없이 나를 사랑해준 사람들이 해사하게 웃으며 울고 있다. 생의 저녁 무렵, 저문 세월을 아기처럼 등에 업고서, 나를 사랑하는 얼굴들이 자글자글 웃으며 울고 있다. 할머니가 그랬고 엄마와 이모가 그랬듯이, 나도 늙지 않을 순 없을 것이다. 다만 늙어갈수록 잘 웃고 잘 울고, 저물어갈수록 품에 푸르고 짠 바다를 껴안은 할머니가 될 것이다. 그래. 나는 영영 예쁠 거야. 나를 키운 엄마들처럼 시간과 사랑을 이고 지고 자그마해지고 다정해져서 영영 예쁠 거라고. 가재미를 구울 때마다 훌쩍거린다.

뭉클, 저무는 마음

    해를 따라 생활하는 사람에게 늦가을은 쓸쓸한 계절이다. 해 뜰 때 일어나 부지런히 움직이다 보면 해질 무렵에는 하루가 다 가버린 것 같은 피로와 쓸쓸함이 밀려오는데, 가을이 깊어질수록 해는 빨리 저물고 마음에도 바람이 불었다. 어릴 적 긴긴밤은 이불 같아서 잠들지 않고도 품에 안고 마음껏 누릴 수 있었는데 살아갈수록 지켜야 할 생활과 돌봐야 할 이들이 품에 넘쳐 이제는 밤이 되면 좀 스산하다.

    이맘때 느끼는 밤의 어둠은 새벽의 어둠과는 다르다. 이내 밝아질 것을 알고 있는 마음과, 오래 어두울 것을 알아버린 마음은 분명히 다른 것이니까. 저무는 계절에 저무는 해를 따라 어두워지는 이 마음은 감당하기 어려웠다. 이름이라도 붙여줘야 익숙해질 것 같아서 '저무는 마음'이라 혼자 불러볼 뿐이었다.

어느 저녁, 차를 타고 가던 시아버지가 지금이 몇 시인지 물었다. "곧 일곱 시예요"라고 대답하자 "해가 많이 짧아졌구나. 깜깜할 때 다닌 적이 별로 없으니까 깜깜한 게 낯설다"며 헛헛하게 웃으셨다. 아버지는 새벽 5시에 일어나 저녁 8시면 주무셨다. 휴일도 없이 이른 아침부터 몸을 움직여 일하고 돌아와 일찍 잠드는 단조로운 생활을 오래 하셨다. 아직 깜깜한 새벽에 밖을 나서는 아버지에게도 밤의 어둠은 다른 것이었다. 지켜야 할 생활이 해의 시간에 길들여진 사람에게 밤은, 더욱 낯설고 짙은 것일까. 문득 아버지가 느끼는 마음이 내가 부르던 저무는 마음이라는 걸 알아챘다.

나는 '아버지'라는 말이 평생 낯설었다. 시아버지를 만나고 아버지의 사랑을 처음 받아보았다. 연애 시절부터 내 손을 꽈악 잡고 걸으시던 분. 신혼집 페인트칠과 잡기 수리, 고장 난 보일러도 나서서 뚝딱 고쳐주시던 분. "너는 가만히 있어라" 하며 과일 깎아주고 설거지 도맡아 하시던 분. 사랑한다, 자랑스럽다 다정한 말들을 아무 때나 건네시는 분. "아버지" 불러볼 때마다 여전히 쑥스럽지만 그래도 내가 뒤늦게 아버지 복이 있었노라 행복했다.

어둑한 차창에 비친 아버지 얼굴을 살피며 아버지의 마음을 생각했다. 내내 생각하다 보니 저물어가는 아버지의 생을 헤아리고 말았다.

"살아봤자 얼마나 오래 살겠니. 우리 미워하지 말고 웃으면서 지내자."

평소 하시던 말이 사무치게 이해되어서 뭉클. 세월의 나이테가 굵어진 아버지에게 이제 저녁은 쉽게 오고 빠르게 저문다. 뭉클. 그저 아버지가 춥지 않도록, 아버지의 저무는 마음을 곁에서 오래도록 지켜보던 그런 저녁이 있었다.

뭉클*

저녁이 쉽게 오는
사람에게
시력이 점점 흐려지는
사람에게
뭉클한 날이 자주 온다

희로애락
가슴을 버린 지 오래인
사람에게
뭉클한 날이 자주 온다

사랑이 폭우에 젖어
불어터지게 살아온

* 이사라 「뭉클」『저녁이 쉽게 오는 사람에게』 문학동네 2018

네가

나에게 오기까지

힘들지 않은 날이 있었을까

눈물이 가슴보다

먼저 북받친 날이 얼마나

많았을까

네 뒷모습을 보면서

왜 뭉클은

아니다 아니다 하여도

끝내

가슴속이어야 하나

마음의 운율

바다에서 나고 자란 나에게는 바다가 너른 품이다. 마음이 소란할 때는 내가 자란 바다에 다녀왔다. 신발을 벗고 모래를 보득보득 밟고서 바다 가까이 다가갔다. 파도가 밀려오고 밀려갔다. 파도는 때때로 발에 닿았다. 바닷물이 차게 스며들고 스르르 모래가 빠져나갔다. 발아래 내 자리만큼만 미세하게 움푹해졌다. 맨발로 젖은 모래 위에 오도카니 서서 바다를 지켜보았다. 쏴아아 쏴아아. 밀려오고 닿았다가 밀려가고 사라진다. 나에게 닿을 때도 있고 닿지 못할 때도 있지만, 결국 파도는 닿게 되리라는 걸 아는 사람처럼 나는 바다를 보고 들었다.

살아가면서 지키기 힘든 건 언제나 마음이었다. 내 마음 썰물 같아 한없이 밀려가 소진되어버릴 때마다, 그래서 나 자신이 사라져버린 것 같을 때마다, 모르는 새 익숙해진 노랫말처럼 어떤 문장을 읊조렸다. "삶이 늘 시적이지는 않을지라도 최소한 운율은 있다."

　바다에서도 그랬다. 일정하게 반복되고 되돌아오는 풍경과 소리. 지금 내가 보고 듣는 것이 바다의 운율이라면, 내 삶의 운율도 마치 바다와 같을 거라고 생각했다. 살다가 잠시 멈춰 선 지금 내 마음은 어떤지 궁금했다.

　"살 만큼 살아보니까 행복하지 않은 사람들을 알아볼 수 있어. 그런 사람들은 자기 얘기만 해. 하려는 말일랑 이미 답이 정해져 있고 상대의 말은 들으려고도 하지 않아. 타인의 이야기를 진심으로 들어주는 사람은 참 귀하단다. 딸아, 세상을 잘 들어보려고 애쓰는 사람을 곁에 두고, 너도 그런 사람이 되어야 해. 좀 겸허해지라는 말이야. 살아보니 행복도 불행도 겪어볼 만은 하다. 피하려고만 하지 말고 가까이 다가가렴. 너무 좋아하지도 말고 너무 싫어하지도 마. 왔다가도 간다. 다시 오더라도 다시 가. 오고 간다, 삶이라는 게. 오고 가는 일들 모두 겪어보자면 마음이 잔잔해지는 때가 온단다. 오늘 평온한 바다처럼."

새벽녘과 해 질 녘의 바다의 얼굴, 발바닥에 남은 파도의 감촉, 모래 틈에 반짝이는 조개껍데기, 주머니와 운동화에 바작거리는 모래알, 그리고 같이 바다를 걸었던 엄마의 말을 주워 담아 집으로 돌아왔다. 긴 잠을 자고 일어나니 일상이었다. 책장을 뒤져 앨리스 메이넬의 산문 「삶의 리듬」*을 다시 찾아 읽었다. 이번에는 다른 문장이 주머니에 모래알처럼 남는다. "행복은 사건에 달려 있지 않고 마음의 밀물과 썰물에 달려 있다."

창밖은 파랑. 평온한 바다를 닮은 하늘이 펼쳐져

*『천천히, 스미는』강경이 박지홍 엮음, 강경이 옮김, 봄날의 책 2016

있다. 내 마음의 파도는 지금도 오고 간다. 바다에도 삶에도, 그리고 내 마음에도 운율은 있다. 오늘은 나, 행복하겠다고 마음을 움직여본다.

삶이 늘 시적이지는 않을지라도 최소한 운율은 있다. 생각의 궤적을 따라 일정한 간격을 두고 반복되는 주기성이 마음의 경험을 지배한다. 거리는 가늠되지 않고, 간격은 측량되지 않으며, 속도는 확실치 않고, 횟수는 알려져 있지 않다. 그래도 되풀이되는 것은 분명하다. 지난주나 지난해 마음이 겪었던 것을 지금은 겪지 않으나 다음 주나 다음 해에 다시 겪을 것이다. 행복은 사건에 달려 있지 않고 마음의 밀물과 썰물에 달려 있다.

사랑을 미루지 말자

기억이야말로 한 사람을 고유하게 만든다. 그 사람을 그답게 만든다. 인생이라는 거대한 기억 더미에서 나를 만든 기억을 찾는다면. 신기하게도 떠오르는 기억들 대개는 사소하고 소소하다. 오래 살아보아도, 자주 추억해보아도 결국 남는 것은 모래알만큼이나 작게 반짝이는 기억들. 소소소 흩어지는 기억 알갱이 중에서도 끝내 남는 기억 하나는 무엇이 될까. 마지막으로 남은 가장 작은 기억이자 가장 소중한 기억.

잘 다녀왔냐고 인사하던 아버지를 기억한다.

글쓰기 수업에서 어느 학인이 쓴 기억을 읽었다. 오래전 세상을 떠난 아버지에 대한 기억이었다. 지병으로 서서히 기억을 잃어가던 아버지가 하루는 집에 돌아온 딸에게 인사를 건넨다. "잘 다녀왔냐." 무뚝뚝하지만 옅은 미소를 띠며 맞아주던 아버지. 찰나였지만, 그 순간에 눈빛과 표정과 말투는 평생 알고 지낸 아버지의 얼굴이었다. 이런 평범한 하루가 얼마나 소중했었나 딸은 기쁘고도 슬펐다. 아버지가 아버지다웠던 유일한 순간, 딸이 기억하는 아버지의 마지막 얼굴이었다. 헤어진 지 오래되었어도 여전히 그날이 기억난다고, 아버지가 보고 싶다고 학인은 말했다.

　"그건 그리움이에요."

　조용히 일러주었다. 수많은 사람의 기억을 마주하고서야 그 기억의 이름을 알았다. 기억한다. 생각한다. 보고 싶다. 만나고 싶다. 그러나 다시는 만날 수 없다. 만날 수 없는 누군가를 내내 기억한다. 영영 그리워한다. 그러니까 그리움은 슬픈 기억. 그리워하면 어쩔 도리 없이 슬퍼진다. 그리운 사람들 하나둘 늘어나면 슬픔도 하나둘 늘어나는 걸까.

그러나 진정 그리워해본 사람들이야말로 사랑하는 법을 알아낸다.

"아부지 돌아가시고, 저는 두 아이의 엄마가 되었어요. 아이들에게 하루에 몇 번이고 사랑한다 표현해요. 사랑은 그때그때 말해야 해요. 우리가 언제 헤어질지는 아무도 모르니까요."

이야기하는 학인에게, 만일 그리운 그날로 돌아갈 수 있다면 무얼 하고 싶은지 물었다. 그땐 울음을 참느라 아무 말도 못 했지만, 다시 돌아간다면 아버지의 인사에 울더라도 소리 내어 대답하겠노라 한다.

"아부지. 나도 사랑해."

진정 그리워해본 사람들을 만난 날이면 나도 사랑하고 싶어진다. 불쑥 엄마에게 전화를 걸었다. 머뭇거리다가 말해보았다. "사랑해"라고 다섯 번쯤 말해보았다. 첫 번째는 이상했고 두 번째는 쑥스러웠고 세 번째는 간지러웠고 네 번째는 뭉클했고 마지막엔 익숙해졌다.

"사랑해."

짧게, 애틋하게, 간절하게 사랑을 말한다. 엄마는 거기 있다. 전화기를 들고선 얘도 참 뜬금없이 싱겁다며, 그러나 미소 지으며.

"그래 딸, 나도 사랑해."

대답하는 엄마의 목소리에 뜨거운 무언갈 지그시 삼킨다. 멀리 떨어져 있는 엄마가 바로 옆에서 얘기하는 것처럼 가까이 느껴진다. 엄마를 잃지 않았어도 엄마를 그리워한다. 이런 게 사랑이라면. 사랑은 하면 할수록 좋은데 슬프네. 언젠가 나는 아주 많이 울게 될 테니까. 사랑하는 사람들 많아질수록 나는 그렁그렁한 마음이 된다. 그래도 사랑을 미루진 말아야지. 우리가 언제 영영 그리워하게 될지는 아무도 모르니까.

딱 나의 숨만큼만

삶의 소중함을 깨닫는 가장 간단한 방법이 있다. 숨 멈추기. 삶이 더 이상 참을 수 없어질 때 나는 숨을 멈춰본다. 겨우 일 분을 채 견디기가 힘들다. 가슴이 답답하고 머리가 어지럽고 식은땀이 솟는다. 숨을 멈춘 일 분이 얼마나 길고 간절한 시간인지 실감한다. 턱 끝까지 숨이 차올랐을 때 천천히 깊은 숨을 내쉰다. 숨은 내쉬는 것부터 다시 시작해야 한다. 들이쉬는 것부터 시작하면 숨이 엉켜버리고 마니까. 제대로 숨 쉬기란 이토록 어렵구나. 온전히 들이마시고 내쉬는 숨에 비로소 실감한다. 나 지금 살아있다고.

1월 1일, 일기장에 적어둔 새해 목표는 '덜, 덜어내기'였다. 그러나 거의 정반대의 날들을 보냈다. 돌봄과 작업 사이를 오가며 어느 해보다 '더, 더하기'의 시간을 보냈다. 휴대전화를 비행기 모드로 바꿔두고, 창밖 내다볼 여유도 없이, 문밖으로 한 발짝도 나가지 않고, 점심도 거르고 책상에 몇 시간이고 앉아서 작업에만 몰두했다. 이런 날들이 일상이 되자 몸도 마음도 우울해졌다. 긴장과 압박과 책임을 짊어진 온몸이 아팠다.

　"어떻게든 해야죠."

　언제부턴가 내가 습관처럼 이 말을 해왔다는 걸 알았다. 곱씹어보면 실로 엄청난 말이었다. 고심도 거절도 없는 무조건적인 책임이 깃든 말. 거절이 어려워서, 기회를 놓치기 싫어서, 잘 해내고 싶어서 건넨 한 마디가 세상에 그렇게나 무거웠다. 두 아이를 책임지는 엄마가 되어 돌봄과 작업을 동시에 해내야만 하는 순간마다 둘 사이에 묵직한 추처럼 단단히 버티고 선 나를 포기했다. 만남을 포기하면, 산책을 포기하면, 점심을 포기하면, 잠을 포기하면 어떻게든 해낼 순 있었다.

돌봄에서는 아이들이 엄마의 빈자리를 느낄까 싶어서, 작업에서는 엄마라는 정체성이 약점으로 느껴질까 싶어서 더더욱 싹싹하고 씩씩하려 애썼다. "어떻게든 해야죠." 이 한마디를 책임지기 위해 실로 엄청난 시간과 작업량과 부담을 감내해야 했다. 곁에서 지켜보던 동료가 말해주었다.

"작가님, 앞으로 그런 말 하지 마세요. '어떻게든' 해내는 게 얼마나 힘든 건데요. 자기 자신을 몰아붙이지 마요."

언제고 내 삶에 진심이라고 생각했는데 진심이 지나치면 욕심이 되기도 한다는 걸, 한참을 뒤척여도 잠들 수 없던 어느 새벽에 깨달았다. 생각에 생각이 꼬리를 물고 걱정이 되더니 잊고 있었던 근심들마저 하나둘 바닷물처럼 스며들어 차올랐다. 나는 기어코 불안해졌다. 깊고 깜깜한 물속에 가라앉는 사람처럼 온몸이 푹 젖은 듯 무겁고 숨이 막혔다. 제대로 숨 쉴

수가 없었다. 사람이 불안해서 죽을 수도 있겠단 생각이 들었다. 그런데 어째서였을까. 그 순간 나는 흡, 숨을 참아보았다. 하나, 둘, 셋, 넷. 이상하게도 그때 떠오른 건 우리 할머니였다. 할머니, 물숨이 든다는 게 이런 걸까요. 마지막 한 번만 더 참을까, 불안 밖으로 나갈까. 할머니가 휘파람처럼 대답했다.

호오이 호오이.

할머니는 해녀였다. 일하는 엄마였다. 예순다섯 해까지 찬 바다에 들어가 물질로 아들 둘 딸 다섯을 먹여 살렸다. 할머니는 숨을 기준으로 살았다. 숨을 들이마시고 바닷속으로 들어가 먹을 것을 잡았다. 바다 깊은 곳에는 전복이며 소라며 크고 탐스러운 것들이 많지만 숨이 차면 밖으로 올라와야 한다. 눈앞에 하나만 더. 더 많이 가져오려고 욕심을 부리다가는 물숨이 들어 생명이 위험해진다. 숨을 참을 수없을 때 마지막 한 번만 더 참을까, 물 밖으로 나갈까를 가르는 마지막 숨. 물숨으로 삶과 죽음이 나뉘기도 한다.

호오이 호오이.

숨을 비운다. 할머니는 딱 자신의 숨만큼만 있다가 물 위로 올라와 숨비소리를 내쉬었다. 휘파람 같은 그 소리는 위험하지 않도록 천천히 숨을 내쉬는 방법이자 다시 숨을 쉬는 방법이었다. 숨비소리를 내쉴 때마다 할머니는 온몸으로 삶과 죽음을 느꼈을 것이다. 숨비소리 한 번 내쉬고 물 밖에서 기다리던 가족들 한 번 보고 다시 바다로. 할머니는 평생을 바다에서 숨 쉬며 살았다.

"위험하다, 애기야. 그만 숨을 비우라" 할머니가 속삭여준 것 같았다. 나는 한숨처럼 기다란 숨을 조심스럽게 내쉬었다. 호오이 호오이. 나 살아있구나.

숨을 쉬며 살아있는 힘을 '목숨'이라고 한다. 목으로 숨을 쉬느냐 쉬지 못하느냐. 거기서 삶과 죽음이 갈라진다. 죽음을 '숨이 멎다' '숨지다' '숨을 거두다'라고 표현하는 것도 숨이야말로 살아있는 힘이기 때문일 것이다. 숨을 멈춰보면 할머니의 삶이 성큼 가까이 느껴진다. 내가 얼마나 숨을 잊은 듯 쓸데없는 것들에 정신이 팔렸는지. 숨이 멎을 듯 과한 욕심을 부렸는지 깨닫는다. 숨을 비우고 새 숨을 들이마셔야지. 온전히 숨을 쉴 수 있는 것만으로도 삶은 소중하다.

　"오늘 하루도 욕심 내지 말고 딱 너의 숨만큼만 있다 오거라."

　그림책 『엄마는 해녀입니다』*에서 해녀 할머니가 자식들에게 당부한다. 딱 너의 숨만큼만. 우리 할머니가 내게 하는 말인가 싶어 마음에 담아두었다. 솔직히 어느 정도가 내 욕심인지, 어떤 것들이 쓸데없고 과한 것들인지, 어디서부터 어떻게 놓아버려야 할지 아직은 잘 모르겠다. 다만, 그 와중에 나 자신은 포기하지 않겠다고. 딱 나의 숨만큼만은 오늘 하루를 무사히 살아보고 싶다. 어떻게든 해낸다는 엄청난 각오 말고, 할 수 있는 만큼만 최선을 다하겠다고.

＊ 고희영 글, 에바 알머슨 그림, 안현모 옮김, 난다 2017

더도 덜도 말고 온전히 내가 해낼 수 있는 만큼만. 하루치 최선을 다하고 싶다. 매일 저녁, 망사리에 일용할 양식을 채워 집으로 돌아오던 나의 할머니처럼.

봄꽃 구경

봄. 꽃이 피었다. 산수유 피고 매화와 복사꽃 피었다. 담장에는 개나리 소담하고 돌 틈에는 민들레 움튼다. 길목에는 목련 흐드러지고 길가에는 벚꽃 만발했다. 바람 불면 꽃잎이 봄눈처럼 날린다. 그 사이 어떤 꽃들은 지고 어떤 꽃들은 핀다. 겨우내 앙상해서 죽은 줄만 알았는데 모두 살아있었구나. 아주 작은 꽃들까지도 애써 피어나는 모습일랑 씩씩하게 살아있어서 애틋하고 뭉클하다. 새록새록 꽃 피는 바깥은 봄인데, 오늘은 어떤 꽃을 보았냐고 안부를 묻고 싶다.

나는 분식집에서 봄꽃을 보았다. 떡볶이를 먹다가

테이블 가에 우뚝 솟은 줄기에 새초롬하니 희게 핀 꽃을 보았다. 꽃줄기 끝엔 화분 대신 멜라민 분식집 그릇이, 그릇에는 무가 담겨 있었다.

"무에서 꽃이 핀 거예요?"

주인아주머니는 알아봐줘서 기쁘다는 얼굴로 싹싹하게 대답했다.

"무꽃이에요. 무대가리 댕강 잘라다가 엎어두고 물 주면 그리도 쑥쑥 자라 꽃 펴요. 무꽃이 얼마나 예쁜지들 모른다니까."

깍두기 담다가 남겨둔 무청에서 피어난 무꽃. 처음 본 무꽃은 여리여리하게 예뻤다. 제멋대로 자란 투박한 잎사귀에 나비처럼 내려앉은 무꽃이 분식집 구석구석 피어 있었다.

동네 골목에서 진달래도 만났다. 제법 키가 큰 진달래나무가 화분에 심겨 있었다. 도시의 골목에서 마주한 진달래가 하도 신기해서 가만 보고 있노라니 화분에 물을 주던 아주머니가 도란도란 말해줬다.

"지난봄에 울 아부지 묻어드리고 그 산에서 가져

온 나무요. 죽었는가 했는데 봄 왔다고 이리 꽃을 피워주네. 고와라. 곱디곱다. 이 꽃을 몇 번이나 볼란가.”

볼그스름 핀 골목의 진달래를 잊을 수 없다.

엄마가 길가 빈터에 핀 제비꽃 사진을 찍어 보냈기에 전화를 걸었다.

“나이가 들수록 봄꽃이 예뻐 보이는 이유를 아니? 죽기 전에 몇 번이나 꽃을 보게 될까 생각하면 그렇게 애틋하고 예쁠 수가 없단다. 딸아, 이제 나는 스무 번이나 꽃을 볼까나.”

엄마의 말에 그것보다야 더 많이많이 볼 테지 부루퉁 대꾸하지만 나는 속절없는 마음이 된다.

사는 동안 몇 번이나 꽃을 볼까. 순간 피었다가 저버리는 꽃은 꼭 오늘 하루 같다. 우리는 오늘이 생애 단 하루인지도 모르고, 금방 저버릴 줄도 모르고 아무렇게나 보내곤 하니까. 무럭무럭 자라서 애쓰며 피어난 자신이 얼마나 예쁜지도 모르고, 사는 거 바쁘다고 힘들다고 바닥만 보다가 하루를 지나쳐버린다.

"딸아, 봄이다. 바닥에도 조그만 제비꽃 홀로 피어 있길래 '여기 나 같은 꽃이 피어 있네' 하고선 혼자 웃었단다. 잘 보이지 않아도 영 보잘 것 없어도 애쓰며 꽃들 피어난단다. 참, 사는 게 꽃 같다. 다시 잘 살아보라고 봄이 오는 것 같아. 속상하고 힘든 일일랑 생각 말고 바깥에 꽃 봐라. 예쁜 꽃 봐라."

사는 게 꽃 같은 우리들. 오늘은 속상한 거 힘든 거 생각 말고 바깥에 핀 봄꽃 구경하며 보내라고 안부를 전한다.

3부

사랑은
무던히도
애쓰는
일이더라

하얀 강보

　사람의 배꼽을 생각하면 좀 뭉클하다. 한 사람과 연결되었던 자국, 한 사람에게 의지했던 자리, 한 사람 안에 살았던 자취. 그리하여 태어나고 남은 동그라미 흉터. 세상으로 나와 탯줄을 잘라내고 숨 쉬고 먹고 움직이고 말하고 웃는 사람이 귀하게 느껴진다. 잊어버리고 살지만 결국 사람은 연결되었던 존재. 신기하고 아름답다.

　나는 배 속에 두 개의 탯줄로 두 사람을 키웠다. 비좁고 따스한 배 속에서 두 사람은 버블 같은 동그란 막을 나눠 쓰고 탯줄을 단 채로 심장이 뛰었다. 눈 코 입이 생기고 솜털과 머리카락이 돋아났다. 빛을 느껐고, 소리를 들었고, 열 손가락과 열 발가락이 생겼다. 두 사람은 두둥실 떠다니다가 마음대로 자리를 바꾸며 놀았다. 손가락을 빨다가 하품을 하다가 딸꾹질을 하다가 서로 기대었다가 잠들었다가 깨어나 기지개를 켰다. 그렇게 38주 2일 동안 두 사람은 내 안에 살다가 태어났다.

두 사람을 만나기 전 마지막으로 한 일은 배내옷을 빠는 일이었다. 강보와 손수건과 옷들. 대부분 하얗고 작은 천 조각이었다. 그때 나는 이미 허리둘레가 50인치에 달하는 하마 같은 몸이 되어버려서 도연이 아기 옷을 빨아 너는 모습을 누워서 지켜보았다.

겨울이었고 한낮이었다. 햇살이 깨끗했다. 창가에 스테인리스 건조대가 지읒 모양으로 활짝 펼쳐져 있었다. 빨래 뭉치를 가져온 도연은 쪼글쪼글하게 뭉쳐진 옷가지들을 하나씩 떼어내 탁탁 털어서 건조대에 걸었다. 구름처럼 널어둔 강보 아래 조르르 손수건들이 널렸다. 그 곁에 아기의 옷가지들이 나란히.

배냇저고리 모자 손싸개 발싸개. 그것들은 너무 작아서 널어도 곧잘 톡톡 떨어졌다. 손바닥만 한 옷가지와 손가락만 한 싸개들. 이렇게 작은 걸 사람이 어떻게 입을까 하고 기분이 이상했다. 아무것도 모르는 우리가 이렇게나 서툴고 얼떨떨하게 부모가 된다는 것도, 그저 장난치는 기분이 들었다. 때마침 배 속에 두 사람이 배를 쓰다듬듯 밀어주었다. 나는 배를 톡톡 두드리며 속삭였다. 어서 와, 우리 같이 살자.

그로부터 일주일 뒤 두 사람을 만났다. 반나절의 산통 끝에 두 사람은 머리부터 힘껏 들이밀어 내 갈비뼈를 돌아 힘겹게 산도를 통과해 9분 간격으로 태어났다. 나도 낳으려고 최선을 다했고, 두 사람도 태어나려고 최선을 다했다. 최선의 바람과 노력을 마주 다해서 우리는 만났다.

울음소리가 들렸다. 두 사람의 탯줄을 잘랐다. 피냄새가 떠도는 꿈처럼 아득한 고요 속에서, 하얀 강보에 싸인 두 사람을 차례로 만났다. 첫째는 까만 눈으로 나를 물끄러미 쳐다보았다. 둘째는 얼굴을 찡

그린 채 장난스러운 표정을 지었다. 완전히 소진되었지만 터질 듯 벅차오르는 이상한 감정을 느끼며, 나는 가쁘게 숨 쉬면서 몸을 부르르 떨면서 두 사람을 마주 보았다.

"너무 작아."

두 사람은 생각했던 것보다 너무 작았다. 너무 작아서 예뻤고, 왈칵 겁이 났다. 작은 두 사람은 아직 세상이 보이지 않았으므로 냄새로 내 가슴을 더듬어 젖을 찾아 물었다. 찰나였지만, 몸과 몸을 맞대고 우리만 존재하는 것 같은 긴 순간을 보냈다. 무엇이 시작되는 순간이었다.

눈처럼 하얀 강보에 갓 태어난 아기가 꼭꼭 싸여 있다. 자궁은 어떤 장소보다 비좁고 따뜻한 곳이었을 테니, 갑자기 한계 없이 넓어진 공간에 소스라칠까 봐 간호사가 힘주어 몸을 감싸준 것이다. 이제 처음 허파로 숨쉬기 시작한 사람. 자신이 누군지, 여기가 어딘지, 방금 무엇이 시작됐는지 모르는 사람. 갓 태어난 새와 강아지보다 무력한, 어린 짐승들 중에서 가장 어린 짐승. (중략) 무엇이 시작되었는지 모르는 채, 아직 두 사람이 연결되어 있다. 피냄새가 떠도는 침묵 속에서. 하얀 강보를 몸과 몸 사이에 두고.*

두 사람을 만지는 일은 어려웠다. 손을 대면 부서질까 봐 무서웠다. 조심스러운 손길로 두 사람의 머리와 얼굴, 손과 발을 만져보았다. 도근도근 빠른 박동이 느껴지는 가슴팍과 잘라낸 탯줄이 아직 붙어 있는 배꼽 주위를 쓰다듬었다. 두 사람은 우리가 준비한 작은 옷도 헐렁하게 느껴질 정도로 더욱이 작았다. 아기는 이렇게나 작은 사람이었구나. 이 조그만 몸에 사람의 형상과 기관이 모두 들어 있다는 게 신기했다. 두 사람을 데려와 배내옷을 입히고 강보로 단단히 싸매고 돌보기 시작했다. 젖을 먹이고 씻

---

* 한강 『흰』 문학동네 2018

겨주고 기저귀를 갈아주고 옷을 입혀주고 안아주고 마주 보고 이름을 불러주었다.

나는 '속싸개'라고 불리는 강보가 좋았다. 수건보다는 조금 큰, 담요처럼 생긴 네모난 천. 부드러우면서도 탄성 있는 단순한 하얀 천으로 아기의 몸을 단단하게 싸매주었다. 비좁고 따뜻한 엄마의 자궁처럼, 꽉 끌어안아주듯이 강보로 몸을 꼭꼭 싸주면 두 사람은 편히 잠들었다. 색색의 무늬가 그려진 속싸개도 많았지만, 나는 '강보'라고 부르고픈 단순한 하얀 천을 좋아했다. 강보를 접어 베개를 만들어주고, 강보를 펼쳐 담요로 덮어주었다. 강보에 얼굴을 파묻으면 젖과 토와 땀 냄새가 뒤섞인 아기냄새가 났다. 사람의 냄새였다. 하얀 강보에 싸인 두 사람은 내 배 속에 살던 때처럼 편안해 보였다.

태어나 오래지 않은 새벽이었다. 두 사람은 젖을 먹고 곤히 잠들어 있었다. 두 시간마다 깨어나 아기를 돌보는 일은 고단했다. 몸을 추스를 새도 없이 푹 자지 못한 나는 몹시 지쳐 있었다. 그런데도 바로 잠들지 못하고 멀거니 창밖을 보았다. 어슴푸레한 하늘에는 달이 떠 있었다. 하늘이 푸르러질수록 달은 하얀 얼룩이나 흔적처럼 옅어졌다. 그러다 달의 얼굴이 선명히 보이는 순간이 있었다. 갓 태어난 사람의 얼굴처럼, 울고 난 사람의 얼굴처럼, 동그랗고 무구한 얼굴.

돌아보았다. 강보에 싸인 두 사람이 아침 달 같은 얼굴로 잠들어 있었다. 그때였다. 거짓말처럼 두 사람이 동시에 웃었다. 눈과 입을 쫑긋거리며 미소 지었다. 순전한 미소. 나는 한순간에 깨끗해졌다. 그리고 순전한 마음으로 깨달았다. 두 사람이 나의 세계가 되어버렸다는 것을. 아침이 올 때까지 두 사람을 바라보았다. 내 아침의 별, 맑고 밝았다.

고백하자면, 나는 아기였던 두 사람을 감쌌던 강보를 버리지 못했다. 사는 일은 틈날 때마다 걱정스럽고 외롭고 슬펐다. 그래서 잠 못 드는 밤에는, 잘 빨아 개어둔 강보를 꺼내왔다. 하얀 강보를 베개에 감싸고 그 위에 누웠다. 이불을 목까지 끌어 덮고서 배 위에 가만히 두 손을 얹었다. 손바닥에 만져지는 동그라미 흉터. 한 사람 안에 살았던 자취, 한 사람에게 의지했던 자리, 한 사람과 연결되었던 자국. 배꼽을 만지며 언젠가 나를 품었던 한 사람과 내가 품었던 두 사람을 생각했다.

끌어안아주는 기분이 들었다. 모르는 새 들어버린 선잠 속에서 나는 엄마 배 속 같은 꿈을 꾸었다. 하품을 하다가 기지개를 켜다가 손가락을 빨다가 입술을 오므리고 오옴 오옴. 그렇게 연결되었던 우리들은 아무 때가 없이 무구했었지. 아무 걱정 없이 편안했었지.

잊어버리고 살지만 잊지 않았으면 좋겠다.
혼자가 아니었다. 어느 누구도.

행복한 사람은 시계를 보지 않는다지

아마도 오늘 밤, 너희가 잠든 사이에 가을이 가버릴 것 같아. 내일이면 겨울이 와 있어서 깜짝 놀랄지도 모르겠다. 겨울은 코끝이 찡해지는 계절이야.

서안 지안.

너희들과 함께한 가을은 무척 행복했단다. 행복하다. 행복해. 행복이 흘러넘쳐 소리 내어 말해도 부끄럽지 않을 정도로 나는 행복했어. 행복한 사람은 시계를 보지 않는다지. 우리는 날마다 시계 말고 하늘을 올려다보았어. 해가 떠오르고 저무는 하늘을 올려다보며 하늘색이 다 다르다는 걸 배웠지. 천 개쯤 다른 하늘색 중에 우리가 좋아하는 단 하나의 하늘색을 고르는 법도 알게 되었어.

서안이 좋아하는 하늘색은 낮달뜬하늘색이야. 서안은 낮달이 뜬 초저녁 하늘을 좋아해. 아직 푸르스름한 하늘 어딘가 숨어 있는 하얀 달을 찾아내 우렁차게 소리쳐. 아무리 커다란 나무나 높은 건물이 가리더라도 서안은 잘도 찾아내는 거야. "저기 달!" 하고 소리쳤다가 "와, 진짜 달이네" 모두가 감탄하면 우쭐해하며 대답하지. "달은 우리를 좋아해. 우리를 계속 따라오거든" 하고.

지안이 좋아하는 하늘색은 손바닥하늘색이야. 지안은 희끄무레한 구름이 고양이털처럼 가지런히 펼쳐진 연한 하늘을 좋아해. 혼자 물끄러미 하늘을 바라보다가 "엄마, 손바닥 같은 하늘이야"라고 조그맣게 말해줘. 그럼 우리는 서로의 손바닥을 내밀어 조글조글한 손금을 확인하지. 지안의 조그만 손바닥. 조글조글 손금을 검지로 따라 그리면 지안은 간지럽다며 웃음을 참지 못해. 우리가 웃는 동안에도 손바닥 같은 하늘은 우리를 쓰다듬어주고 있어.

나는 그냥 너희랑 올려다보는 하늘을 가장 좋아해. 서안지안하늘색이라고 말하면 너무 싱거울까. 그런데 정말로 좋아하는 마음이란 너무나 단순하고 깨끗해서, 나는 그저 너희가 좋아하는 모든 것을 좋아해. 너희와 함께하는 모든 순간을 좋아해. 우리는 매일매일 하늘을 올려다보면서, 우리가 함께하는 모든 순간이 아름답다고 느꼈어. 아름다운 것들은 오래 머물지 않는다는 것도 알게 되었지. 그렇게 우리는 '순간'이라는 시간을 함께 배웠던 것 같아.

매일 너희를 데리러 갈 때 나는 조그만 사탕을 주머니에 챙겨 가. 만날 때마다 달콤하고 귀여운 걸 하나씩 꺼내 주고 싶은 그런 마음이 있거든. 하루는 무심코 주머니에 손을 넣었는데 부스럭 소리가 나자 너희가 "사탕!" 하고 동시에 소리치는 거야.

나는 시치미를 뚝 떼고 "아무것도 없어" 그랬지.

그러니까 지안이 "아니야. 아무것도 있어" 말하더라, 장난스럽게 웃으며.

아무것도 있는 그 순간이 쿵.

어떤 행복은 그래. 시계를 멈추진 못하지만 시간을 멈춰버리더라.

사랑을 물고 뛰어가는 너희들 뒤를 따라 걸으며 나는, 모든 순간이 행복했고 동시에 모든 순간이 그리워졌어. 너무 행복해서 울 것 같은 마음으로 너희가 주워 온 꽃잎이나 은행잎 같은 것들을 슬그머니 주머니에 넣어왔어. 바스라지지 않도록 노력하며 너희가 잠들었을 때 좋아하는 책 사이에 끼워두었단다. 어떤 책인지는 나만 알고 있어.

서안 지안.

순간을 간직하는 법은 모르지만, 순간을 그리워하지 않는 법도 모르지만, 나는 아마도 오랫동안 시계를 보지 않을 것 같아. 너희와 함께 보내는 날들은 천 개쯤 다르고 천 개쯤 아름다워서, 꽉 껴안고 만지고 부비고 뒹굴고 간질이고 웃고 소리치면서 누리기에도 모자라니까. 지금처럼 시간 가는 줄 모르고 시끄럽게 즐겁게 지내다가, 다음 가을이 오면 같이 책장을 펼쳐보자.

거기에, 아무것도 있을 거야.

우리의 순간이었던 그 어떤 것이.

이 사랑을 자랑하고 싶어서

서안과 지안은 요즘 엄마를 너무 좋아한다. 밖에서는 놀다가도 달려와 안기고 뽀뽀를 퍼붓고는 다시 뛰어갔다가 금방 또 조르르 달려와 안긴다. 집에서는 이 방 저 방 어디든 엄마를 졸졸 따라다닌다. 그래서 어린이집에 가는 것도 싫어하고, 다른 사람 손도 싫어해서 엄마가 다 씻겨주고 입혀주고 재워주길 바란다. 엄마와의 애착시기가 다시 찾아온 건가. 힘들기도 하지만, 이럴 때가 또 언제 있을까 하고 이 시간을 다정히 보내고 싶다.

아기였던 시절에는 엄마를 무작정 좋아했다면, 어린이가 된 요즘에는 엄마를 배려하며 좋아한다. 예를 들면, 집에서 나는 늘 안경을 쓰고 있는데 엄마에게 안길 땐 안경코가 눌리지 않도록 잘 살피며 머리를 기댄다. 15킬로쯤 토실토실해진 아이들을 이제는 한꺼번에 안아 들지 못하니까 한 명씩 안아주기를 나란히 차례를 기다린다. 간식을 앞에 두고도 엄마가 올 때까지 기다리고 있다가 엄마에게 먼저 한 입 준다. 손에 땀이 많은 내가 두 아이 손을 잡고 걸어가면, 땀이 밴 제 손바닥을 문지르며 "엄마는 내 손을 따뜻하게 해주지"라고 말한다.

무심코 엄마는 이게 좋아, 말하면 기억해두었다가 엄마는 이걸 좋아하지?라고 되묻는다. 엄마는 커피를 좋아하지. 엄마는 책을 좋아하지. 엄마는 달님을 좋아하지. 엄마는 서안이 지안이랑 손잡고 걷는 걸 좋아하지. 이런 말들. 늘 쓰던 머리핀이 바뀐 것도, 늘 신던 신발이 바뀐 것도, 새로 산 옷을 입은 것도 바로 알아챈다. 하루에도 몇 번씩 갑자기 툭, 엄마 좋아해. 엄마 사랑해. 사랑을 말로 한다.

아이들은 정말로 "사랑해"라는 말의 의미를 알고

있는 것 같다. 그렇지 않고서야 이렇게나 세심하고 정성스럽게 나를 살피고 좋아할 수 있나. 나는 요즘 작은 두 사람에게 받는 사랑이 벅차게 행복해서, 이 사랑을 자랑하고 싶어진다. 훗날, 이 사랑의 기억들로 남은 생을 살겠지.

언젠가 장난치듯 어려운 말로 서안에게 물었다.

"언제 엄마한테 오기로 결심했어?"

"엄마가 너무 보고 싶어서. 그래서 엄마한테 왔어."

엄마도. 평생을 너희가 너무 보고 싶어서, 그래서 살아왔던 거 같아.

기억하지 못하는 시간들까지 실은

영화 「와일드」의 주인공 셰릴과 같은 유년 시절을 보냈다. 주정뱅이 아버지로 인해 불우한 어린 시절을 보냈지만 엄마의 부족함 없는 사랑을 받았다. 엄마가 이혼하고 가난해진 후에도 우리는 서로를 의지하며 살아왔다. 셰릴과 엄마처럼.

그러나 영화에서 셰릴의 엄마는 갑자기 세상을 떠난다. 셰릴은 처참할 정도로 무너져내린다. 어떤 이는 주인공의 방황을 이해하지 못할지도 모르겠다. 아무리 엄마가 죽었다고 해도 저렇게 망가지고 자신을 아무렇게나 둘까. 하지만 나는 이해할 수 있었다. 만일 나의 엄마도 겨우 살 만해졌을 때 세상을 떠나게 되었다면 내 삶도 망가졌을 것이다. 오로지 엄마만이 내 삶의 이유였으니까.

영화를 보다가 기어코 울고 말았던 장면이 있다. 셰릴이 엄마에게 왜 그런 주정뱅이랑 결혼해서 불행을 자초했냐며 원망 섞인 말투로 빈정거린다. 그때 엄마는 대답한다. "하지만 나는 너희를 낳은 것이 가장 잘한 일이었어." 셰릴은 그 말에 입을 다물었지만 나는 그러지 못했다. 나는 엄마에게 말했다.

"나를 왜 낳았어."

물음표가 아닌 마침표를 꾹 찍어버리는 목소리로. 엄마의 얼굴을 보며 생각했다. 지금이 평생 후회하는 순간이 되리라는 걸. 나는 엄마에게 지울 수 없는 상처를 주고 말았다. 알면서도 그랬다.

태어나지 않은 나를 상상하곤 했다. 빛도 어둠도 희망도 절망도 아무것도 없는 세계에서 생김새도 짐작할 수 없는 덩어리처럼 부유하는 나를 상상했다. 엄마와 나는 어째서 버거운 삶을 이토록 악을 쓰며 버티고 이어가야 하는 걸까. 그냥 놓아버리고 싶다는 생각. 태어나지 않은 것과 비슷한 상태로 그저 사라져버리고 싶다는 생각을 하곤 했다. 그럼에도 삶이 행복하다는, 나를 낳은 것이 가장 잘한 일이라는 엄마를 이해할 수 없었다. 내가 태어났기 때문에 엄마는 묶여버린 게 아닐까. 미안하고 화가 났다. 죄책감을 느꼈다. 나는 벗어나고 싶었다.

다행히 나의 엄마는 살아있다. 변함없이 온화하고 명랑하며 눈물이 많아서 아름다운 사람으로. 그 이면에는 버거운 생을 버티고 살아온 사람 특유의 억척스러움과 고집을 유연하게 품은 채로. 여전히 이해할 수 없는 엄마의 인생이 있다. 이해할 수 없는 엄마라는 사람이 있고. 나는 엄마와 비슷한 얼굴과 말투와 태도로 늙어가고 있다.

나도 엄마가 되었다. 가끔씩 깜짝 놀란다. 무구한 눈으로 나를 올려다보며 엄마,라고 부르는 두 아이를 보고 있노라면 엄마에게 상처 주었던 어린 내가 겹쳐진다. 네가 저질렀던 가장 큰 잘못은 모든 불행의 책임을 엄마에게 떠넘긴 거야. 네가 기억하지 못하는 시간은 실은 모두 사랑으로 채워져 있었어,라고 아이들이 가르쳐준다.

나의 엄마처럼, 아이들에게 "너희를 낳은 것이 가장 잘한 일이었어"라고 말하는 나. 사는 게 전처럼 무섭지 않다. 상처나 불행 같은 걸 맞닥뜨리는 일도 두렵지 않다. 그럴 때마다 나도 엄마처럼 팔을 걷어붙이는 사람이 되었다. 마주하고 통과하고 나아가면서, 아무렇게나 흘러가도록 가만히 두지 않을 거야. 엄마가 품어주고 내가 태어난 생을.

"흘러가게 둔 인생은 얼마나 야성적이었던가."

– 영화 「와일드」 중에서

돌멩이를 선물하는 마음

"선물이야."

아이들 손바닥에 잘 데워진 돌멩이는 따스했다. 이다지도 엉뚱하고 귀여운 선물이라니. 아이들이 네 살이던 무렵에는 밖에 나가면 자꾸 무언갈 주워서 엄마에게 가져다주곤 했다. 돌멩이, 솔방울, 도토리, 나뭇잎, 나뭇가지 같은 것들. 그중에서도 제일 좋아하는 건 돌멩이. 바닥을 헤집으며 줍고 버리고, 또 줍고 버리다가 마음에 드는 돌멩이를 발견하면 집에 갈 때까지 손에 쥐고 있다가 엄마에게 주었다. 소중하게 꼭 쥐고 데워준 그 마음이 고마워 책장 위에 조르르 올려두었다.

생각해보면 나도 어렸을 때 돌멩이를 좋아했다. 땅바닥에 쪼그려 앉아 오래도록 돌들을 살폈다. 손에 잘 맞는 예쁜 돌멩이를 발견하면 그렇게나 기뻤다. 한참을 만지작거리다가 호주머니에 넣어 와선 비누로 깨끗이 씻어 말렸다. 반질반질해진 돌멩이에 포스터물감으로 꽃을 그리고 글씨도 써넣었다. 거기에 문구용 니스를 덧발라 바짝 말리면 특별한 돌멩이가 만들어졌다. 서랍에 꽁꽁 숨겨두었다가 진짜 좋아하는 친구들에게만 선물하곤 했었다.

돌멩이를 주워본 사람은 안다. 돌멩이의 아름다움을. 돌멩이는 독특하다. 비슷비슷하게 생겼어도 똑같은 돌멩이는 하나도 없다. 사람들 얼굴처럼 다 다르게 생겼다. 돌멩이는 고유하다. 깨끗이 씻어 말린 돌멩이인데도 코에 대면 흙냄새가 난다. 강가 냄새가 난다. 숲 냄새가 나고, 바다 냄새가 난다. 돌멩이를 주웠던 장소가 떠오르고 비슷비슷한 돌 틈에서 나만이 알아보았던 돌멩이의 예쁨이 생각난다.

정말로 돌멩이는 예쁘다. 돌멩이를 가만히 바라보

고 있자면, 마치 사람의 지문 같은 독특한 무늬가 보이는 것도 같다. 쓸모없고 하찮다 여겨지는 돌멩이 하나에도 애정이 솟고 뭉클해지는 것은, 어쩌면 바닥을 내려다보는 마음, 예쁨을 발견하는 마음, 가치와 쓸모를 따지지 않는 마음 때문일 것이다. 돌멩이를 좋아하는 마음은 꼭 아이의 마음과 닮았다.

겨울에는 망원동 책방 쯤에서 작가의 책상을 재현하는 전시를 했다. 그동안 작업했던 책들과 교정지들, 책장에 꽂혀 있던 소장 책, 작가노트와 필기구, 그리고 아이들이 선물해준 돌멩이 하나를 가져갔다. '아이들이 선물해준 돌'이라고 써 붙여둔 조막만 한 돌멩이는, 책상 위에 교정지가 흐트러지지 않도록 눌러주는 문진 역할을 톡톡히 했다. 전시를 찾아온 사람들의 손바닥에 안기며 귀여운 기쁨을 주었음은 물론이다.

『나를 뺀 세상의 전부』라는 책에는 말레이시아 시골 동네에 머물던 시인이 한글을 새긴 돌멩이를 동네 아이들에게 크리스마스 선물로 주었다는 이야기가 담겨 있다.

> 나는 강가에 나가 가장 예쁜 돌멩이를 몇 개 주웠
> 다. 돌멩이 위에 한 글자짜리 우리말을 볼펜으로
> 그려 넣었다. 꿈. 숨. 숲. 풀. 밤. 밥. 길. 커다란 낙
> 엽을 주워 포장을 했고 밥풀로 포장을 봉했다. 선
> 물을 받은 아이들은 기뻐했다. 아이들과 밤새워
> 한 음절짜리 단어들을 주고받으며 즐거워했다.[*]

이 페이지의 귀퉁이를 접으며 생각했다. 산책길에
예쁜 돌멩이 두 개를 주워 와야겠다고. 호주머니에
넣고선 달그락달그락 굴리며 돌아와야지. 깨끗이 씻
어다가 볕에 말려 한 글자를 돌에 그려 선물해야지.
기역 니은을 궁금해하는 아이들에게, '첫'과 '싹'이라
는 글자를 하나씩 그려주고 싶었다.

'첫'과 '싹'은 시작하는 말들이야. 돌멩이 같은 너희

***

[*] 김소연, 마음의숲 2019

들. 너무 작아서 아무것도 아닌 것 같아 보이지만, 실은 아무도 모를 단단한 시작과 미래와 아름다움을 품고 있을 너희에게 돌멩이를 선물하고 싶어.

살아있어줘서 고마워

    행복해지고 싶다. 이른 아침 병원에서 간절하게 행복하길 바란 적 있다. 세상에서 행복과 가장 멀리 떨어진 장소는 병원 아닐까. 여기에만 오면 온갖 걱정과 근심, 불행 들이 뭉게뭉게 피어나 행복이란 아주 멀고 감상적인 사치처럼 느껴지니까. 나는 수술 중인 아이를 기다리고 있었다.

    둘째 지안이 수술을 했다. 대학병원에선 간단한 수술이라고 했지만, 세 살배기 몸에 전신마취를 하고 배에 조그만 구멍을 뚫어 진행하는 수술이었다. 잠을 설치다가 밤을 새우고 일찍 병원에 갔다. 엄마는 보호자로 수술실 문턱까지 아이와 머무를 수 있었다.

무균복을 입고 지안을 안고서 대기실 침대 위에 앉아 있었다. 침대마다 수술복을 입은 환자들이 누워 있고, 의료진들이 바삐 지나다녔다. 긴장된 분위기를 감지했는지 졸려서 칭얼거리던 지안은 말없이 내 품에 안겨 있었다. 간호사가 흰 액체가 담긴 링거를 들고 왔다. "아이 쓰러지지 않도록 잘 붙잡아주셔야 해요." 링거관에 마취액이 들어가자마자 아이가 픽 쓰러졌다. 종이인형처럼 내 품에 고꾸라졌다. 너무 놀랐다.

"잠든 거니 걱정하지 마세요. 수술실 들어갑니다."

"선생님. 잘 부탁드려요."

목이 메었다. 하지만 내가 할 수 있는 건 아무것도 없었다. 아이가 누운 이동 침대가 수술실로 들어갔다. 무균복을 벗고 대기실 밖으로 나오자 빈 복도였다. 덩그러니 혼자가 되자 비죽 눈물이 새어 나왔다. 병원 아래층에 기다리는 가족들을 보면 울 것 같아서, 심란한 마음에 가만히 앉아 있을 수도 없어서, 그냥 복도에 선 채로 아이를 기다렸다.

너무 무서워서, 나는 아이들과 행복했던 순간을 떠올렸다. 아무 일도 일어나지 않았던 평범한 하루. 늦잠 자고 일어나 껴안고 뒹굴뒹굴하던 아침. 아이스크림 먹으며 타박타박 돌아오던 골목길. 크레파스로 그린 엄마 얼굴 선물 받던 어버이날. 라디오를 틀어두고 집밥 지어 먹던 저녁. 잠든 아이들 들여다보다가 뽀뽀해주던 밤.

지나고 나서야 멀어지고 나서야 선명해졌다. 나 정말 행복했었구나. 수술을 마친 아이가 마취에서 깨어나면 안아주고 싶었다. 그때 나에게 가장 가깝고 간절한 행복은 포옹이었다. 행복과 가장 먼 장소에서 행복을 찾았다. 행복해지고 싶었다.

초조한 시간은 더디게 흘렀다. 수술은 무사히 끝났고 회복 중이라는 메시지를 받았다. 얼마 후, 간호사가 침대를 끌고 복도 밖으로 나왔다. 아이가 마취에서 무사히 깰 수 있도록 이런저런 말을 걸고 있었다.

지안은 울지도 않고 멀뚱히 앉아 있었다. 나는 아이를 불렀다.

"지안아!"

어디선가 들려온 엄마 목소리에 두리번거리던 아이가 나를 발견하곤 와앙 눈물을 터뜨렸다. 아이를 안아주었다. 너무 작고 뜨거운 몸. 잘했어. 우리 아기가 잘도 견뎠네. 대단해라. 옷깃이 다 젖을 정도로 우는 아이를 품에 안고 나는 사랑한다고 속삭여주었다.

"기특하게도 너무 잘해줬어요. 그런데 너무 울면 안돼요. 잠들어도 안 되고요. 마취 완전히 깰 때까지 계속 말 걸어주세요."

간호사의 당부에 두어 시간쯤, 병원 복도를 돌아다니며 세 살 지안이랑 진짜 많은 얘길 했다. 알아들을 순 없을 테지만 아까 내가 찾았던 행복했던 순간들을 조잘조잘 말해주었다. 엄마는 지금도 행복해. 너랑 눈만 보고 있어도 행복해. 세상에서 행복과 가장 멀리 떨어진 장소에서 행복을 느꼈다.

그날 저녁, 퇴원해 집으로 돌아왔다. 긴장이 풀리자 참을 수 없이 잠이 쏟아졌다. 초저녁에 가족들 모두 잠이 들었다. 수술한 지안도, 병원에서 기다린 서안도 유난히 엄마를 찾았다. 두 아이는 작은 몸을 웅크리고 따개비처럼 내 옆에 붙어 잤다.

한밤중에 잠에서 깼을 때, 나는 두 아이를 갓 낳았을 때처럼 온몸에 식은땀을 흠뻑 흘리고 있었다. 몸에 기운이란 게 모조리 빠져나가 거죽만 남은 것 같았다. 시간이 뒤죽박죽 뒤엉켜 이상하게 느껴졌다. 캄캄하고 으스스했다. 쓸쓸한 적막함이 몰려들려는 찰나, 색색거리는 아이들 숨소리가 들렸다.

오도카니 자는 아이들을 들여다보았다. 아이들은 곤히 자고 있었다. 하도 곤히 자서 살아있는 건지 불쑥 겁이 났다. 아이들의 코에 손을 대보고 몸을 살피고 만져보았다. 손마디에 느껴지는 여린 숨결, 도근도근 뛰는 심장박동과 따스한 살결. 아이는 살아있었다. 다행이야. 살아있어줘서 고마워.

대체 뭘까. 잠든 아이를 만져보며 안도하는 이 마

음은. 살아있다는 건, 실은 너무나 위태롭고 연약한 일일지 모른다. 작은 인간이 숨 쉬고 자라는 건 당연하지 않았다. 기적 같은 일이었다. 내 몸에서 나와 울고 웃고 자라고 아프고 잠들고 다시 눈 뜨는 이 생명들을 나는 사랑한다. 아무것도 바라지 않고도 누군갈 사랑하는 일은 가능하구나. 내 걱정과 근심과 슬픔과 아픔, 그리고 행복. 어느새 나의 모든 이유가 된 아이들의 머리칼을 가만히 쓸어 넘겼다. 살아있어줘서 고마워. 아이가 아픈 밤, 살아있는 아이를 만져보며 안도하는 밤이 세상 모든 부모에게 비밀처럼 머문다.

안녕, 내 안의 아이들

"어른들은 누구나 처음엔 어린이였다. 그러나 그 것을 기억하는 어른은 별로 없다"고 생텍쥐페리는 말했다. 그럼에도 기억을 더듬어보면 아이들은 여전히 내 안에 있다. 내 안의 아이를 기억해낼 때, 그 아이에게 마음을 기울일 때, 비로소 지금의 나를 만들어준 중요한 일부를 발견하게 된다. 너는 자라 내가 되었지. 유년의 기억 속에 어린 나는 얼마나 이상했는지, 얼마나 가여웠는지, 얼마나 아름다웠는지.

내 유년에는 잠 못 드는 아이, 혼자 있는 아이, 울지 않는 아이가 있다.

잠 못 드는 아이는 생각이 너무 많아 잠 못 들었다.

캄캄한 방, 가족들과 붙어 누워 있자면 혼자만 눈이 동그래졌다. 올려다보던 천장과 고갤 돌리면 보이던 미닫이문의 그림자가 떠오른다. 어둠도 다 같은 어둠이 아니라는 걸. 어둠에도 다 다른 명도와 질감이 있다는 걸 그때 알았다. 어둠을 응시하면서 시시콜콜한 생각을 했다. 잠은 어디서 오는 걸까. 놀다 두고 온 것들은 그대로일까. 초침 소리는 왜 밤에만 들릴까. 귀신이 머리카락 다 세는데 오래 걸릴까. 엄마가 죽으면 어떡하지. 아빠가 오지 않았으면 좋겠어. 밤이 먼저일까 아침이 먼저일까. 밤은 언제 끝나는 걸까. 잠 못 드는 아이에게 밤은 길었다.

혼자 있는 아이는 혼자 있어서 좋았다. 오도카니 자기만의 세계에 빠져 지내길 좋아했다. 햇살과 바람과 비와 나무와 조그만 벌레 같은 것들을 지나치지 않았고, 씨앗과 돌멩이를 주워 모으고, 여기저기 붙은 도깨비바늘이나 도꼬마리를 떼어내는 걸 좋아했다. 빈 교실에 남아 있다가 마지막으로 교실 문을 나서는 걸 좋아했다. 해 지는 하늘에 물드는 색깔들에 이름 붙이는 일. 일렁이는 물결을 가만히 보고 있는 일이 좋았다. 말 한마디 하지 않다가 아 아 소리 내어 낯선 제 목소리 듣는 걸 좋아했다. 혼자 있던 아이가 글을 쓰기 시작했다.

울지 않는 아이가 가장 마음 쓰인다. 울지 않는 아이는 울고 싶은 마음이 무엇인지 일찍이 알고도 울지 않았다. 혼자 있을 때만 멋쩍게 울었다. 울고도 울지 않은 척했다. 착하구나 어른스럽구나 그런 말 대신 울어도 괜찮다고, 아무도 말해주지 않았다. 어른스럽다는 말은 아이와는 어울리지 않았다. 마음껏 울고 웃고 화내고 뛰고 소리 지르는 아이야말로, 어른스럽지 않고 아이스럽다는 것을. 그래서 울지 않는 아이는 아이스러운 친구들을 좋아했다.

어른이 된 나의 아픈 구석들은 모두 울지 않는 아이가 준 것들이다. 그 아이를 마주하는 일은 몹시도 아파서 나는 오랫동안 울지 않는 아이를 못 본 척했다. 그래도 아이는 울지 않으니까. 그러나 몇 번쯤 징그러울 정도로 아프게, 날아갈 정도로 홀가분하게 울어보고 나서야 진짜 슬픔은 울음으로 완성된다는 걸 알게 되었다. 울어야 슬프지. 울어주어야 슬프지. 그렇게 우는 어른이 되고서야, 비로소 나는 울지 않는 아이를 안아줄 수 있었다.

　괜찮아. 내가 대신 울어줄게.
　안녕, 너는 나의 슬픔이란다.

웃는 얼굴 그리기

우리 집 아이들은 매일 웃는 얼굴을 그린다. 그리는 법은 간단하다. 동그라미를 그리고 눈과 입을 채우면 끝. 아이들이 그린 동그라미는 제각각 제멋대로인데, 풍선처럼 동글동글할 때도 있지만 찌그러지고 기울어지고 울퉁불퉁하거나 심지어는 네모나 별처럼도 보이는 이상한 동그라미가 많다. 통통이 꺼굴이 또롱이 쭈물이 장난이 깔깔이. 웃는 얼굴마다 이름을 지어 써주며 아이들은 말한다.

"얘네는 다 다르게 웃어."

다들 어떻게 웃고 사는지. 웃음 참기가 세상에서 제일 어려운 아이들은 웃음소리부터 새어 나와 웃고 있구나 알아챈다. 하지만 어른들은 좀처럼 소리 내어 웃질 않고, 매일매일이 바쁘고 빠르고 가빠서 웃는 얼굴을 상상해보기 어렵다. 그러다 깨달았다. 나조차도 웃고 있지 않다는 걸.

　요즈음 내 얼굴은 딱딱한 무언갈 악물고 있는 사람 같다. 버거운 일들 꾸역꾸역 해내다가 몸과 마음이 소진돼버렸다. 기분은 가라앉고 산책할 시간은 줄고 스마트폰만 확인하다가 불면증에 시달렸다. 창밖 볼 여유도 없이 일과 시간에 쫓기듯 지내던 얼마간 나의 얼굴은, 태연하게 잘 숨겨두었지만 실은 몹시도 초조하고 불안한 얼굴이었다. 더 해보고 싶은 욕심과 잘 해내고 싶은 강박은 웃음부터 훔쳐가 버렸다.

　한때 라디오 디제이 김창완이 동그라미를 잔뜩 그려 보낸 엽서가 화제였다. '세상살이라는 게 그렇게 자로 잰 듯 떨어지지 않습니다'라며 그는 엽서에 마흔일곱 개의 동그라미를 그렸다. 저마다 다 다른 동그라미들. '너무 매일매일에 집착하지 마십시오. 그렇다고 위에 그린 동그라미를 네모라고 하겠습니까, 세모라고 하겠습니까? 그저 다 찌그러진 동그라미들입니다. 우리의 일상도'라며 동그라미 아래 적어둔 손 글씨를 읽었다. 나도 찌그러진 동그라미일까. 완벽하지 않아도 괜찮지 뭐. 동그랗게 웃어보던 때가 생각났다.

다시 동그랗게 웃어보고 싶다. 경직된 얼굴을 웃게 만들려면 볼을 꼬집어 조물조물 만져주고, 눈꼬리도 입꼬리도 간지럽혀 빙그레 올리고, 입에 꽉 물고 있는 딱딱한 걱정일랑 퉤 뱉어버려야 할 것이다. 웃는 얼굴 그리기. 웃을 일 없다 하더라도 웃는 얼굴 그려보기. 어쩐지 비장한 각오로 동그라미 그리다가 피식 웃어버렸다. 동그라미가 못생겼다. 당연하게도 사람의 손으로 그린 동그라미는 완벽하지 않았다. 그런데 그 찌그러진 동그라미가 이상하게 좋았다. 꼭 내 동그라미 같은 얼굴로 하루를 살고 싶다. 다 그린 웃는 얼굴 아래에는 내 이름을 써두었다.

나이 든 물건의 쓸모

아이들 이유식을 만들 때 30년 된 채소다지기를 썼다. 진짜 이름인지는 잘 모르겠으나 '돌돌이'라고 어머님이 주신 것이다. 어머님은 도연이 꼬꼬마였던 시절부터 이 돌돌이로 볶음밥이나 오므라이스를 만들어주셨다고. 그러니 이 물건은 어림잡아도 서른 살은 거뜬히 넘었을 것이다. 나와 비슷한 나이여서 그런지 첫 만남부터 친근했다.

조금 촌스럽게 생긴 서른 살 돌돌이. 푸르스름한 투명 플라스틱 통에 회오리 모양으로 붙어 있는 칼날을 조립한다. 그 위에 두툼한 검은색 뚜껑을 덮고 빨간색 손잡이를 끼운다. 그리고 돌돌돌 돌린다. 채소가 말끔하게 다져진다. 생김새는 투박하지만 30년 세월이 무색할 만큼 여전히 튼튼하다.

이 돌돌이를 쓸 때마다 좀 이상한 기분이 든다. 30년이란 시간 때문일까. 플라스틱 덩어리에 불과한 이 물건이 타임머신처럼 느껴질 때가 있다.

돌돌돌 돌돌돌.

나는 어느새 도연이 뛰놀던 그 옛날 골목길을 따라 걷는다. 통통 튀어가는 어린 도연의 뒤꽁무니를 쫓아 그가 살았던 작고 따뜻한 집의 현관문을 두드린다. 도연과 나란히 식탁에 앉아, 젊었던 어머님이 만들어준 볶음밥을 함께 먹고, 도연의 통통한 볼따구를 힘껏 꼬집어주고 돌아오는 그런 상상.

하루는 돌돌이를 돌리다가 갑자기 웃음이 터졌다. 옛날에 봤던 만화영화가 떠올라서였다. 돈데기리기리 돈데기리기리 주문을 외우던 타임머신 돈데크만. 생각해보니 그 녀석 주전자였다. 그렇담 채소다지기라고 타임머신이 아닐 이유는 없지.

돌돌돌 돌돌돌. 주문 같은 소리를 내며 돌아가는

이 물건은 쓸 때마다 정답고 뿌듯하다. 30년쯤 더 써 봐야지 마음먹었다. 환갑인 돌돌이가 되려나. 그때까지 망가지지만 않는다면, 먼저 결혼할 아들에게 물려줘야지. 대를 이어 물려줄 물건이 기껏 채소다지기라는 게 좀 겸연쩍긴 하지만. 내게는 한낱 낡은 물건이 아니다. 부지런히 살아온 시간의 모양, 그럼에도 튼튼해서 쓸 만한 가치를 지닌 타임머신 같은 것. 나는 돌돌이를 돌릴 때마다 웃게 될 테지. 돌돌돌 돌돌돌. 와구와구 볶음밥을 먹던 동그란 아이들 얼굴을 떠올릴 테니까.

나이 든 물건도 여전히 쓸모가 있다. 쓸모 이상의 쓸모가 있다. 나이 든 물건이 많은 부엌과 집에서 살고 싶다.

우리가 두고 온 것은

스무 살, 서울에 올라와 처음 얻었던 방은 월세 18만 원짜리 남녀 공용 고시원 방이었다. 숨죽여 방문을 걸어 잠그고 웅크려 잠들던 좁은 방. 그 방엔 창문이 없어서 문을 열고 들어가면 관 속에 눕는 기분이 들었다. 얇은 합판을 덧대어 가른 방은 방음이 되지 않았고, 어둠 속에 들려오는 텔레비전 소리와 통화 소리로 내가 살아있음을 실감했다. 한편으론 내 양쪽 방에 누워 있을 사람들이 무서웠다. 아니 그보다 칸칸이 나눠진 방들 사이에 이름 모를 사람들이 나란히 누워 있다고 상상하자 더 무서웠다. 도시에서 처음으로 경험한 방이었다. 나에겐 가장 작고 좁고 무섭고 외로운 방으로 남아 있다.

그 이후로도 나는 여러 방에서 살았다. 문을 열면 수십 마리 바퀴벌레가 사사삭 흩어지던, 집주인에게 속아 들어간 방. 유흥가 중앙에 반짝이던 고시원, 모텔촌에 숨어 있던 고시원, 강남 빌딩촌 뒷골목에 놓여 있던 고시원. 고시 공부를 한 것도 아닌데 고시원을 전전하며 머물렀다. 짐을 챙겨 문을 닫고 나가는 순간, 내 흔적은 감쪽같이 사라져 건물 이름조차 생각나지 않는, 비슷비슷한 방들이었다.

남동생과 함께 살게 된 후부터 조금 더 넓고 안락한 방을 구할 수 있었다. 웃풍은 셌지만 창문이 많았던 원룸, 동생 대학교 근처에 아늑하고 조용했던 원룸, 다락방 같은 조그만 복층이 있어서 좋아했던 오피스텔 원룸……. 그중에서도 스물아홉 살까지 동생과 살았던 마지막 집이 가장 좋았다. 장례식장 옆에 지어진 아주 넓고 아주 추웠던 오래된 연립주택. 처음으로 방이 아닌 집에서 살았다. 한집에서도 각자의 방을 가질 수 있어 행복했다.

종종 장을 봐 반찬도 만들고 김치찌개도 끓여 먹었다. 같이 밥 먹고 설거지하고 방을 쓸고 닦고 빨래를 갰다. 거울 앞에 앉아 동생 머리를 염색해주고, 내일 입을 옷을 입고 나와 빙그르르 돌면 서로 봐주기도 하고. 금요일 밤이면 텔레비전을 보며 치맥을 먹고, 주말엔 늦잠을 자다가 늦은 점심을 지어 먹었다. '생활'이라 할 만한 일상과 흔적이 배어 있던 고마운 집이었다.

그 집에 두고 온 게 하나 있다. 방과 방을 전전하며 살다 보니 공간에 애착이 없기 때문일까. 사진이나 엽서를 붙인다거나 커튼이나 탁자에 신경 쓴다거나, 아무튼 나는 공간을 예쁘게 꾸미는 일에 무심한 편이었다. 화장대를 따로 두지 않고 벽 거울 앞을 서성거리며 슥슥 화장하곤 했는데, 동생은 그런 내가 마음 쓰였던 모양이었다. 한밤중에 어디선가 화장대를 하나 주워 왔다. 뭐랄까, 어느 집 할머니가 썼을 법한 키가 작고 아주 예스러운 원목 화장대였다. 서랍을 열면 합판에 새빨간 부직포 천이 붙어 있었다.

　"누나, 이제 여기에서 화장해."

　화장대 앞에 앉아서 거울을 보고 있자니 웃음이 새어 나왔다. 왜 이렇게 귀엽고 찡한 거지. 찡한데 웃기고, 웃긴데 고맙고, 고마운데 촌스럽고, 촌스러운데 또 짠하고. 이후로 동생 눈치를 살피며 쓰는 척하다가 그냥 두었다. 그 화장대, 동생이 맨 나중에 집을 떠나면서 어딘가에 버렸을 텐데 가끔 생각난다. 한밤에 촌스러운 화장대를 낑낑 짊어지고 5층 계단을 올라왔을 동생의 마음이.

　결혼을 앞두고 나 먼저 신혼집으로 이사를 나왔다. 짐을 챙겨 동생과 살던 집에서 나오던 겨울밤, 동생 앞에서 으엉으엉 어린애처럼 울음이 터져서 나조차도 깜짝 놀랐다. 울면서 말했다.

　"야. 나 이제 가."

　"고생했어, 누나. 잘 살아."

　동생은 나를 안아주었다. 그날, 되게 추운 겨울밤이었는데도 따뜻했다.

우리는 그 집에 추억을 두고 왔다. 아침에도 울음 소리가 들리던 장례식장 옆의 허름한 연립주택. 겨울 엔 너무 춥고 여름엔 너무 더웠던 오래된 집. 그러나 생활과 추억이 있어 비로소 사람 살던 집 같았던 집. 도시살이에서 유일하게 따스했던 우리 집이었다.

도토리 같은 날들

바닥을 닦는데 소파 밑에서 도토리가 굴러 나왔다. 떼구루루 반가운 기억과 함께. 지난가을엔 커다란 참나무가 있는 카페 테라스에서 가족들과 시간을 보냈다. 이따금 나무 바닥에 도토리가 떨어지는 자리였다. 똑 또르르. 소리가 들리면 아이들이 달려가 도토리를 주워왔다. 큼지막한 내 외투 주머니에 하나둘 도토리를 모았고, 주머니에 손을 넣자 다글다글 도토리가 만져졌다. 이게 뭐라고. 웃음이 났다. 주머니 불룩하게 도토리를 줍다가 돌아설 때는 다람쥐 몫으로 그 자리에 두고 바작바작 낙엽을 밟으며 집으로 돌아오던 저녁. 별거 아닌 순간이 참 행복했다.

말하자면 도토리 같은 행복이었다. 쓸모를 구하지 않아도 귀엽고 즐거운 것들. 별거 아니어도 소소하게 좋은 순간들. 가만 보면 도처에 그런 행복이 굴러다니는데 줍지 않고 그냥 지나쳤던 건 아닐까. 그렇담 올해가 가기 전에 도토리를 줍는 가벼운 마음으로 도토리 같은 순간들을 주워보자고, 랜선 글쓰기 모임을 만들었다. 일상에서 반짝이는 순간들을 찾아 기록하는 모임이었다. 가을이 끝날 때까지 채팅과 화상모임으로 우리는 여러 번 만났고, 저마다 주워온 도토리 같은 날들을 나누었다.

갓 구운 크루아상을 사는 아침. 쌀쌀한 바람에 꺼내 입은 첫 스웨터. 조용한 도서관에서 책 읽는 시간. 불현듯 좋아하는 노래가 나오는 라디오. 건너는 길목마다 초록불로 바뀌는 횡단보도. 편한 운동화를 신고 걷는 산책. 보송보송 잘 마른 빨래들. 무릎 위에 잠든 고양이. 우산 하나를 같이 쓰고 걷는 두 사람. 숲에 누워 올려다보는 하늘. 발그레 목욕하고 나온 아이를 껴안아주는 저녁. 냉장고에서 꺼내 마시는 차가운 맥주. 두꺼운 솜이불을 목까지 끌어 덮고 자는 밤. 모두에게 하루에 하나씩은 있었다. 도토리를 줍는 저녁처럼 단순하지만 선명하게 행복을 느끼던 순간들이.

다람쥐가 묻어두고선 깜빡 까먹은 도토리들이, 겨우내 땅속에 있다가 싹이 나고 나무가 되고 참나무 숲이 된다지. 어쩌면 우리가 주웠던 행복한 하루도 앞으로의 많은 날들에 묻혀 기억나지 않을지 모른다. 좋은 건 깜박 잊어버리고 불평하며 살기도 할 것이다. 그렇다 해도 이따금 발견하는 도토리 같은 소소한 기억들이, 끝내 우리를 살게 할 것임을 안다. 인생은 그런 평범한 매일들로 울창해지는 거니까.

기쁜 우리 겨울날

 깨끗한 기쁨에는 소리가 난다. 참을 수 없는 웃음소리가 새어 나온다. 웃음은 손뼉 같은 것. 짝! 마주 부딪쳐야만 소리가 났다. 오목한 손바닥을 활짝 펼치고서 팡팡 움직여볼 때야 일어나는 소리처럼, 눈과 입과 볼을 움직여 동그란 곡선을 활짝 펼치면서 웃는다. 그걸 보고 마주 웃어주는 것. 그래야만 손뼉을 짝짝! 마주치는 것 같은 기쁨이 일어났다. 웃음은 일인분의 일이 아니었다는 걸, 마스크 너머의 표정을 가늠할 수 없기에 마주 웃을 수 없는 날들이 오래되고 알았다.

 기억하고픈 하루가 있었다. 2021년 12월 18일. 그날은 코로나19 바이러스 확진자수 7,314명을 기록한 날이었다. 나흘째 확진자수 7,000명대가 이어진다고 보도가 쏟아졌고, 사회적 거리두기를 강화해 사적 모임 인원을 4인으로 제한하고, 식당과 카페 등의 영업을 오후 9시까지만 허용한, 그런 토요일이었다.

그날 우리는 집에 머물고 있었다. 소파에 기대어 하릴없이 시간을 보내던 오후 2시께. 창밖에 하나둘 눈송이가 날리기 시작했다.

"눈! 눈 온다!"

아이들이 소리를 지르며 창문으로 달려갔다. 첫눈이었다. 구물구물 솜이불처럼 낮게 깔린 하늘에서 눈이 내리고 있었다. 눈발은 서서히 굵어졌고, 이윽고 함박눈이 쏟아졌다.

우리 가족은 꽁꽁 싸매 껴입고선 눈사람처럼 뒤뚱뒤뚱 밖을 나섰다. 제법 내린 눈은 벌써 세상을 폭닥 덮어버렸다. 앞이 잘 보이지 않을 정도로 함박눈이 쏟아졌다. 우리는 손을 붙잡고 눈을 헤치며 동네 체육공원 운동장으로 향했다.

갑작스러운 폭설에 자동차들은 모두 멈춰버렸고, 텅텅 빈 길목마다 사람들이 뛰어나와 놀고 있었다. 신난다! 반드시 느낌표를 붙여야만 할 것 같은 방방 뜬 기분이었다. 우산도 쓰지 않고 내리는 눈을 고스란히 맞으며 운동장에 도착했다. 색색의 옷을 껴입은 사람들이 가득했다. 벌써 어른 키만큼 눈을 쌓아 올려 언덕을 만들고는 썰매를 타는 아이들도 있었다.

"눈이다!"

너나 할 것 없이 운동장으로 뛰어갔다. 눈을 뭉쳐 던지고 또 맞다가 눈밭을 굴렀다. 눈 쌓인 운동장 한복판에 벌러덩 누운 채 팔다리를 힘껏 저으며 눈 나비를 그렸다. 눈을 굴려서 조그마한 눈사람을 만들었다. 도연이 어디선가 구해온 종이상자로 끌어주는 썰매를 타다가 넘어져서 떼구루루 굴렀다. 펑펑, 함박눈을 맞으며 눈밭을 구르며 신나게 놀았다. 여섯 살들도, 서른여섯, 마흔두 살도 마음껏 열심히도 눈에서 놀았다.

아주 열심히 놀다가 운동장에 누웠다. 눈 속에 폭

안긴 채 하늘을 올려다보았다. 온통 눈이었다. 가만 숨을 고르며 내리는 눈을 보고 있자니 그제야 눈치 채지 못했던 소리가 들렸다. 웃음소리가, 참을 수 없는 웃음소리가 운동장에 와글와글 떠다니고 있었다. 일어나서 제자리를 빙그르르 돌아보았다. 썰매 타는 아이들, 눈싸움하는 가족, 눈사람 만드는 연인, 눈밭을 뛰어다니는 강아지와 주인. 모두가 마음껏 열심히도 놀고 있었다.

이렇게 뛰어논 적이 언제였을까. 참을 수 없는 웃음소리를 들어본 적은. 마스크 너머로 사람들이 웃고 있었다. 웃는다는 게 실은 이런 거였지. 손뼉을 짝짝 마주치듯 소란스러운 기쁨에 노래하듯 서로를 마주 보는 일이었지. 귀한 풍경이었다.

한바탕 놀다가 집으로 돌아가는 길. 저녁으로 기우는 너그러운 햇볕에 눈이 녹고 있었다. 함박눈이었던 첫눈은, 환할 때 반짝 내렸다가 어두워지기 전에 그쳤다. 얼지 않게 녹는 걸 보니 착한 눈이네. 길어진 우리들 그림자를 찰박찰박 밟으며 돌아왔다.

엘리베이터를 탔다. 함께 탄 경비원은 앙상한 노인을 부축하고 있었다.

"아버님도 첫눈이 반가우셨어? 추운데 옷 좀 따숩게 입고 나오시지."

온전치 못한 정신으로 한겨울에도 슬리퍼에 추운 차림으로 단지를 돌아다니는 꼭대기층 노인이었다. 민얼굴의 노인이 희미하게 웃었다. 마스크도, 자신조차도 깜박 잊은 노인. 언제나처럼 비밀번호를 기억하는 경비원이 그를 따뜻한 집으로 데려다줄 것이었다.

집으로 돌아온 우리는 젖은 옷을 몽땅 벗어 바닥에 깔아두었다. 가족들이 씻는 동안 나는 떡만둣국을 만들었다. 눈 내리는 날엔 떡만둣국이지. 어린 시절 눈놀이를 하고 나면 엄마가 지어주던 음식이었다. 개운하게 씻고서 말간 얼굴로, 떡만둣국 후후 불어 배부르게 먹었다.

눈이 그친 하늘은 물기를 꾸욱 짠 이불자락처럼 저물고 있었다. 보일러가 돌아가는 방바닥은 뜨뜻하고, 우리는 몰려오는 졸음을 참으며 따뜻한 식사를 했다. 좋았다. 오늘 하루 무사히 잘 보냈고, 우리는 행복했다. 평범한 것 같아도 이런 하루는 다시 오지 않아. 오늘을 잘 기억하고 싶어서, 내 곁에 동그란 얼굴들을 보고 또 보았다. 웃고 있었다. 손뼉을 마주치듯 짝짝, 소리 내며 기쁘게. 기쁜 우리 겨울날이었다.

우리는 몇 번이나 만나고 헤어질까

우연히 지하철 역사에서 작별하는 모녀를 보았다. 바쁘게 오가는 사람들 사이에서 키가 작은 두 사람은 마치 한 사람처럼 포개어져 있었다. 포옹하는 둘에게는 시간도 포개진 듯 느리게 흘렀다. 이윽고 손을 흔들며 멀어지는 두 사람. 먼저 돌아선 쪽은 딸이었다. 안 그러면 엄마는 떠나지 않을 테니까. 더 사랑하는 사람이 더 오래 손을 흔든다.

왕복 여덟 시간 거리에 떨어져 사는 엄마와는 1년에 너덧 번쯤 만났다. 헤아려보면 365일 중 겨우 열흘 남짓한 시간을 함께 보내는데, 그 짧은 시간을 실감하지 못할 정도로 나는 너무 익숙해서 무심했다. 사회적 거리두기로 혼자 사는 엄마를 오래 만나지 못하게 되자 비로소 우리에게 주어진 시간이 선명해졌다.

직계가족 모임이 가능해지고 엄마를 만나러 갔다. 그 사이 계절이 바뀌었다. 손주들은 키가 자랐고 엄마는 나이 들었다. 모처럼 시끌벅적한 이틀을 보내고 헤어지는 시간, 엄마는 언제나처럼 우리를 배웅해주었다. 인사와 포옹을 더디게 나누고는 차에 올라탔다. 잘 가라며 손을 흔드는 엄마. 나는 창문을 내리고 엄마의 모습을 찍었다. 전에는 부끄럽다며 손사래를 치던 엄마가 말했다.

"우리 언제 또 만나려나. 찍은 사진들 다 보내주렴. 조심히 가."

자동차가 출발하고 여러 번 돌아보아도 엄마는 손을 흔들고 있었다.

미국의 사진작가 디애나 다이크먼은 27년 동안 부모님이 배웅하는 모습을 카메라에 담았다. 헤어지는 순간마다 자동차 창문을 내리고 부모님을 찍었다. 손을 흔들며 어깨동무를 하거나 어린 손주를 사랑스럽게 바라보는 부모님. 사진 속 부모님은 해마다 늙어갔고, 언제부턴가 엄마만 남았다. 주름이 깊고 앙상해진 엄마는 홀로 딸을 배웅했다. 건강이 쇠약해지자 링거를 맞으며 두 손을 흔들었다. 마지막 사진에는, 아무도 없는 텅 빈 집뿐이었다. 다이크먼의 사진을 본 후로 나는 배웅하는 엄마를 찍기 시작했다.

언제 또 만나려나. 엄마의 말에 언제 또 헤어지려나 작별을 생각하게 된다. 당연한 말이지만 만남이 있으면 헤어짐이 있다. 만남보다 헤어짐에 마음이 기울게 된 건 시간의 흐름을 선명히 깨닫고부터였다. 사는 동안에 우리는 사랑하는 이들과 몇 번이나 만나고 헤어질까. 애틋하고 고마웠던 헤어짐을 몇 번이나 기억하게 될까. 나는 알고 있다. 남아 있을 엄마와의 작별을 세어본다면 세어볼 수도 있을 거라는 걸. 그러려다 그만두었다. 그 대신에 엄마가 손 흔드는 사진을 가만히 보면서 그려보는 것이다. 엄마에게 마주 손 흔들던 나는 어떤 표정을 지었더라 하고.

4부

따뜻해지려는
우리의
모든 시도

우리가 우연히 만난다면

올해 가기 전에 한번 봐야지 생각했던 사람을 거리에서 마주쳤다. 같은 동네에 사는 사람도 아니었고, 마지막 만남도 꽤 오래전이었기에, 단번에 그 사람을 알아보았을 땐 나조차도 놀랐다. 마스크로 얼굴을 가렸어도 특유의 눈빛과 분위기로 알아챌 수 있었다. 그 사람이다. 봐야지 생각했던 사람이 바로 눈앞에 와 있었다. 너무 거짓말 같아서 사람을 마주 본다는 실감이 새삼스럽게 신기했다. 어떤 의도도 계획도 없이, 얼마나 촘촘하고 복잡한 우연과 우연이 겹쳐서야 우리는 만난 걸까.

오랜만이에요. 잘 지냈어요? 어쩜 이렇게 만난담.

반가워라. 하고픈 말들 잔뜩 있었는데 뭐부터 꺼내야 할지 몰랐다. 각자의 걸음을 걷다가 마주친 우연한 만남은 마치 눈 맞춤 같아서 찰나여도 뭉클했다. 행인들 오가는 거리에 우리만 멈춰 서서 짧은 안부를 나눴다. 반기는 얼굴이 활짝 웃는다. 짝짝 마주치는 손바닥이 즐겁다. 끄덕끄덕 고갯짓이 흐뭇하다. 어떤 그리움은 눈길로 손길로 몸짓으로 전해지는구나. 우연은 기쁜 대신에 짧았다. 서로 해야 할 일이 있으므로 돌아서야 했다. 언제 다시 만날까 기약할 수 없었다.

"뭐라도 주고픈데요."

아쉬운 마음에 가방을 뒤적거렸지만 특별한 게 없었다. 그때 수첩 틈에 삐져나온 냅킨이 보였다. 카페에서 작업할 때 냅킨에 무언가 끼적이기를 좋아하는데, 마침 그날 옮겨 쓴 문장이 마음에 남아 수첩에 끼워두었다. 「높은 마음」이라는 9와 숫자들 노래 가사였다.

"이거라도 주고 싶어요. 제 마음에 머물렀던 문장이에요."

냅킨 선물은 이상하지만 문장 선물은 특별하니까. 다행히 냅킨을 받아 든 이는 홍소를 터뜨리며 좋아했다. 오늘 하루 이 문장을 주머니에 잘 가지고 다니라고. 어디서 무얼 하든 행복하게 잘 지내라고 말해주었다. 손을 흔들며.

만났던 사람과 헤어져 걸었다. 만난다는 건 뭉클하게 좋은 일이야. 주머니에 작고 달콤한 걸 채워 다녀야 할까 진지하게 생각했다. 우연히 만난 사람에게, 보고 싶었던 사람에게, 헤어지기 아쉬운 사람에게. 스치는 찰나지만 뭐라도 주고 싶은 마음 같은 걸 평소에도 채워두어야지.

이 만남이 좋아서 '만나다'라는 말뜻을 찾아보았다. 누군가 가거나 와서 둘이 서로 마주 보다. 아, 좋다. 기쁘게 움직이는 말이었다. 내가 가거나 네가 와서 둘이 서로 마주 본다면, 우연이어도 찰나여도 우리는 기쁠 텐데. 동그라미 하나둘, 그리운 얼굴들 떠올리다가 사탕 한 줌 주머니에 몰래 숨겨둔 사람처럼 흐뭇해져 걸었다.

그냥, 생각이 나서

옛 친구의 전화를 받지 못했다. 설거지하는 사이에 부재중 전화가 와 있었다. 잊고 지냈던 이름. 둘다 결혼한 후로 연락이 끊어진 지 오래였다. 한때는 당연했던 이름이 낯설게 느껴졌다. 갑자기 어쩐 일일까. 앞치마에 물기를 닦아내고 휴대전화를 들었지만, 선뜻 다시 전화할 수 없었다. 때마침 걸려온 엄마의 전화에 나는 주저하던 마음을 털어놓았다. 옛 친구의 전화를 받지 못했는데 다시 전화해야 하나, 어떤 얘길 꺼내야 하나, 오랫동안 연락하지 못해 어색해서 고민이 되더라고. 엄마는 다 안다는 목소리로 말해주었다.

"수리야. 다시 전화해줘라. 아주 오랜만에 갑자기 걸려오는 전화는 받아야 해. 못 받았다면 네가 다시 걸어야 하는 전화란다. 그 사람이 너에게 꼭 할 말이 있다는 거야. 의아하고 어색하더라도, 서운하더라도. 그저 반갑게 맞아줘라. 별 이야기 아니어도 그저 다정하게 통화해라. 놓쳐버리면 평생 오지 않을 그런 전화가 있단다."

놓쳐버리면 평생 오지 않을 전화. 그 말에 깨달았다. 아직 나는 이 관계를 붙잡고 싶다는 걸. 힘껏 용기 내어 다시 전화를 걸었다. 친구는 어제 헤어진 사람처럼 장난스럽게 전화를 받았고, 변함없는 목소리에 나도 활짝 웃었다. 수화기 너머로 아기 옹알이가 들렸다. 친구는 두 아이의 엄마가 되어 있었다. 일은 그만두고 지방에서 아이들 키우던 시간이 좀 외롭고 힘들었다고. 둘째를 낳고 산후우울증을 앓았지만 지금은 많이 나아졌다고. 청소를 하다가 예전에 네가 보내준 편지를 발견하곤 무작정 전화를 걸어보았다고. 친구는 덤덤히 말했다.

"애들 낳고 정신없이 키우다 보니 이제는 부모님들 아프기 시작하시고. 위를 보아도 아래를 보아도 마음이 먹먹해. 사는 거 바쁘다고 연락 한번 제대로 못했네. 그냥, 생각이 나서. 너는 잘 지내려나."

"그럼, 잘 지내지."

힘주어 대답한 말에 온 마음이 담겼다. 우리 처음 만났을 때보다 곱절의 시간이 지났어도, 우리는 같은 시간을 살아가고 있었구나. 친구가 지나온 시간이 사무치게 이해되어서, 보태고 싶은 마음 꾹꾹 눌러 담아 애써 담담하게 전해주었다.

"멀리 떨어져 있어도. 그래도 가끔 이렇게 연락하자. 잘 지내. 아프지 말고. 정말 잘 지냈으면 좋겠어."

긴 통화를 마치자 달아오른 휴대전화가 뜨거웠다. 데워진 두 손을 가만히 그러쥐었다. 잠시 그러고 있었다. 그리움이란 거, 절절하게 뜨거운 마음인 줄 알았는데 저릿하게 쓸쓸한 마음이었구나.

"그냥, 생각이 나서."

이 한마디의 의미를 우리는 알고 있었다. 너는 내

가 지키고 싶은 사람이야. 붙잡고 싶은 우정이야. 기억하고 싶은 이름이야. 나는 오랫동안 친구를 생각했다.

좋은 사람 찾기

좋은 사람이 되고 싶었다. 누구와든 잘 지내려고 애쓰던 때가 있었다. 잘 웃고, 잘 들어주고, 손목시계를 힐끔거리며 싫은 사람과도 지루한 시간을 보냈다. 나를 좋아하지 않는 사람에게 더 마음을 쏟고, 불편한 대화에도 고갤 끄덕이곤 했다.

내 이야기는 하지 않았다. 오히려 내가 드러날까 봐 마음 졸이며 사람들 속에 잘 숨겨지길 바랐다. 외롭지 않고 싶어서, 미움받고 싶지 않아서, 미워하고 싶지 않아서, 관계가 두려워서. 어디서든 누구와든 그저 무던히 잘 지내려고 애를 썼다. 한때 나는 그런 식으로 사람들을 만났다.

그러나 10년도 지나지 않아 그 사람들 중 아무도 곁에 남지 않았다. 이름조차 기억나지 않는 얼굴들 사이에 어색하게 웃고 있는 나만 남아버렸다. '좋은 사람'이 되려고 애쓰던 내가 어째서 '좋은 나'로는 느껴지지 않는 걸까. 못내 후회스러웠다.

가랑비 내리던 날에 오랜 친구를 만났다. 우리는 모처럼 만났고 마침 비 내리는 게 좋아서, 커다란 우산 하나를 나눠 쓰고 공원을 걸었다.

"좋다. 같이 우산 쓰고 걷는 일이 이렇게나 좋았구나. 나 이제는 맘 편하게 만나는 사람이 얼마 없어."

서로의 어깨에 비를 맞으면서도 마음이 편해서 한참을 걸었다. 좋은 관계란 뭘까, 좋은 사람이란 뭘까. 가만가만 고민을 털어놓자 친구도 속엣말을 꺼냈다.

"나도 모두에게 좋은 사람이 되고 싶었어. 재밌는 친구, 멋진 사수, 살가운 딸, 다정한 엄마. 그런데 나는 한 사람이야. 우리는 너무 많은 사람을 만나잖아. 모두에게 마음을 쏟는 건 불가능해. 소문은 터무니없지만 힘이 세고, 사람들은 저마다의 기준으로 나를 평가하지. 나는 누군가에겐 서운한 사람, 무서운 사람, 심지어는 나쁜 사람일 수도 있는 거야. 좋은 사람이란 뭘까. 여전히 모르겠지만 적어도 내가 좋아할 수 있는 '나다운 나'가 되고 싶어. 나는 나에게 좋은 사람이고 싶어."

나에게도 넌 좋은 사람인걸, 친구에게 말해주려다 깨달았다. 나는 이미 좋은 사람을 찾았구나. 우산 하나에 어깨를 기대고 마음까지 나누는 사람이 여기 있었다. 우리는 왜 되려고만 애썼을까 이미 곁에 있었는데. 이다지도 자연스럽게.

삶에 필요한 사람은 하나여도 괜찮다. 같이 우산 나눠 쓸 사람 하나. 문득 전화 걸고픈 사람 하나. 긴 편지 보내고픈 사람 하나. 따뜻한 식사 나눌 사람 하나. 닮고 싶은 사람 하나. 나다운 나 하나. 그런 사람들 하나씩 하나씩 찾아내는 게 내 삶을 꾸리는 일이더라고. 한 사람과 마주 웃으며 대화하는 이제는 안다. 내가 살고 싶은 방식은 '좋은 사람 되기'가 아니라 '좋은 사람 찾기'였다는 걸.

주어진 하루가 얼마나 귀한지요

노인 하나의 죽음은 도서관 하나의 소멸과 같다.

2021년 12월 13일의 일기. 책에서 우연히 발견한 문장을 눈에 담아와 옮겨두었다. 5년 일기장을 쓴다. 일기장에는 1년 전, 2년 전 오늘이 한 페이지에 빼곡히 기록되어 있다. 2020년 12월 13일에는 첫눈을 보았다. 2022년 12월 13일에는 함박눈을 맞았다. 반복되는 하루는 없었다.

글 쓰며 만난 한 노인이 물었다.

"5년 후 오늘, 우리는 어떤 하루를 살고 있을까요?"

웃음과 주름이 늘고 여전히 책 읽고 글 쓰겠지. 가족들과 밥 지어 먹는 저녁을 보낼 테고. 5년 후 오늘도 평소와 다름없을 거라고 나는 평범한 하루를 낙관했다. 그러나 노인의 대답은 달랐다.

"5년 후 오늘, 나는 내 인생 기록을 마무리하고 있을 거예요. 딱 5년만 내 인생 글로 써보기로 다짐했거든요. 나에게 주어진 하루가 얼마나 귀한지요. 여든부터는 조용히 떠날 준비를 할 거예요."

일흔다섯 살 노인. 젊은 시절 그는 도서관 사서로 일하며 내내 책을 읽었다. 그러다 돌연 사회복지사가 되어 삶의 현장에서 사람들을 만났다. 그리고 일흔 즈음에 글쓰기를 시작했다. 옹골찬 삶 덕분일까. 우연히 읽어본 그의 글이 좋아서 나는 공개적으로 써보길 조언했다. 일흔다섯 살에 그는 이런 문장을 쓰는 브런치 작가가 되었다.

죽음의 길 떠나는 나그네에게도 잘 살아냈음을 손뼉 쳐줄 통과의례가 필요하다. 언제 떠나더라도 '지금,

이 시간'을 충실하게 살아낼 일이다.

　노인은 지금, 이 시간에 충실하며 자기 인생이란 도서관을 만들고 있었다. 나라면 어떨까. 내 인생 겨울로 향할 때 삶에 충실할 수 있을까. 후회 없이 떠날 수 있을까. 기꺼이 겨울바람 맞닥뜨리고픈 심정으로 비스와봐 쉼보르스카의 시 「두 번은 없다」*를 함께 읽고 싶었다.

　　두 번은 없다. 지금도 그렇고
　　앞으로도 그럴 것이다. 그러므로 우리는
　　아무런 연습 없이 태어나서
　　아무런 훈련 없이 죽는다.

　　우리가, 세상이란 이름의 학교에서
　　가장 바보 같은 학생일지라도

---

*『끝과 시작』최성은 옮김, 문학과지성사 2007

여름에도 겨울에도

낙제란 없는 법.

반복되는 하루는 단 한 번도 없다.

두 번의 똑같은 밤도 없고,

두 번의 한결같은 입맞춤도 없고,

두 번의 동일한 눈빛도 없다.

어제, 누군가 내 곁에서

네 이름을 큰 소리로 불렀을 때,

내겐 마치 열린 창문으로

한 송이 장미꽃이 떨어져 내리는 것 같았다.

오늘, 우리가 이렇게 함께 있을 때,

난 벽을 향해 얼굴을 돌려버렸다.

장미? 장미가 어떤 모양이었지?

꽃이었던가, 돌이었던가?

힘겨운 나날들, 무엇 때문에 너는

쓸데없는 불안으로 두려워하는가.

너는 존재한다─그러므로 사라질 것이다

너는 사라진다─그러므로 아름답다

미소 짓고, 어깨동무하며

우리 함께 일치점을 찾아보자.

비록 우리가 두 개의 투명한 물방울처럼

서로 다를지라도…….

　두 번은 없다. 생애 단 한 번인 오늘을 충실하게 살아야 한다. 사랑해야 한다.

　일기장을 열어 미래의 일기를 쓴다. 5년 후 오늘, 나는 노인을 다시 만났다. 곧 사라질 도서관에서 마지막 서가를 정리하는 그의 얘길 가만히 듣다가 말해주었다. 우리 인생의 겨울을 지날 때, 얼어붙은 강을 건너듯 한 걸음 한 걸음 충실하게 걸어가는 태도를 당신에게 배웠노라고. 발아래를 확인하고 살아있는 세상을 돌아보며 후회 없이 떠나는 마음을 가르쳐줘서 고맙다고. 노인은 함박 웃었다. 잘 살아낸 그에게 손뼉을 쳐주었다. 우리는 두 번은 없을, 유일한 인사를 나누었다.

책 빚을 책 빚으로

책 한 권 살 수 없는 가난한 청춘을 보냈다. 돈을 모으느라 돈과 시간이 없었다. 넘치는 야망을 껴안기에 현실은 너무 좁고 작았다. 떠나고 싶지만 떠날 수 없어서 도서관에 있던 여행 책을 모조리 읽어버렸던 나는, 가난하고 뜨거운 청년이었다.

그러나 나에겐 책 잘 사주는 선배가 있었다. 우연히 서로의 글을 읽고 교우하게 된 김 선배는 주변에서 유일하게 글을 쓰는 사람, 걸어갈 때도 밥 먹을 때도 책을 읽는 사람이었다. 선배는 나에게 밥보다 책을 사주었다. 한번 읽어보라며 새 책을 선물할 때도, 이 책 좋다며 선뜻 읽던 책을 내어줄 때도 있었다. 하루는 그가 "소설가의 첫 소설집인데 네가 아주 좋아할 것 같아. 나중에 네가 이런 글을 썼으면 좋겠다"라며 책을 내밀었다. 김애란의 『달려라, 아비』였다. 나는 그 책을 끌어안고, 충격과 질투와 행복과 용기와 희망을 품었다.

만날 때마다 책 사주는 김 선배 덕분에 나에겐 '소장 책'들이 생겼다. 곰팡이 핀 방과 방을 전전하던 나에게도 내 책이 있다는 건 가슴 뻐근하게 황홀한 일이었다. 외롭고 캄캄한 날에도 나는 문장들과 대화했다. 선배는 사회인이 되고서도 책을 보내주었다. 네가 계속 글을 썼으면 좋겠다고도 말해주었다. 생각해보면 겨우 서너 살 많았던 선배도 학생이었고 사회 초년생이었다. 허물없이 책을 선물하는 일은 결코 가벼운 일이 아니었을 것이다. 내가 글쓰기와 전혀 관련 없는 전공을 하고 일반 직장을 다니면서도 작가가 될 수 있었던 건, 이 우정의 힘이 크다. 나는 선배에게 책 빚을 지었다고 내내 생각했다.

훗날 우리는 둘 다 책을 낸 작가가 되었다. 선배의

첫 책을 받아보았을 때, 그에게 진 빚을 갚아야겠다고 다짐했다. SNS 작가 계정에 이 이야기를 적었다. 그리고 내가 읽은 좋은 책을 두 권씩 골라서 보내줄 테니, 받고 싶은 청년들은 주저 말고 메시지를 보내달라고 부탁했다. 한 시간 만에 열일곱 명이 메시지를 보내왔다. 꿈과 고민과 마음을 전하는 메시지에서 과거의 나를 보았다. 청년들에게 책을 골라 보내주었다. '사람의 태도는 짧은 대화나 책 한 구절로도 변할 수 있다'라는 제인 구달의 말을 함께 적어서.

얼마 후 메시지 하나를 받았다.

> 작가님이 보내주신 책을 읽으며 생각하는 시간을 거치다가 꼭 평생 머물고 싶은 분야를 찾았어요. 감사합니다.

반짝, 마음에 빛이 들었다. 그 빛이 너무 눈부시고 따뜻해서 선배에게도 전해주고 싶었다. 당신에게 받았던 '책 빚'을 다른 이에게 '책 빛'으로 갚았노라고.

나는 믿는다. 책 한 권으로도 사람은 변할 수 있다.

책 한 권으로도 사람을 구할 수 있다.

너무 깊게 상처 주지 마라

"넌 그렇게 살아. 천벌받을 거야."

거리에서 화들짝 놀랐다. 나에게 하는 말인가 싶어 돌아보니 한 여자가 통화를 하며 스쳐 지나간다. "천벌받을 거야, 너는." 다시금 서늘한 목소리로 분명하게, 또박또박 말하는 여자의 얼굴은 검은 돌처럼 보였다. 대체 어떤 마음이기에 이토록 깨끗하게 저주할 수 있을까. 한낮의 거리에서 꼿꼿한 걸음으로 여자는 멀어졌고, 나는 조금 떨었다.

무서웠다. 사람을 해치는 말은 어떤 마음으로부터 오는 걸까. 나도 사람을 미워한 적 있었고, 미워하고 미워해서 그가 불행하길 바란 적도 있었다. 온 마음

으로 미움을 품은 적은 있었지만, 그러나 끝내 말로
는 내뱉지는 못했다. 내가 뱉은 말이 죽지 않고 영영
살아남아 타인의 마음을 부수도록, 그렇게나 미워할
자신이 없었다.

나에게도 죽지 않고 마음속으로 들어와 살아남은
유언 같은 말이 있다.

"열심히 살아봐. 그래 봤자 너는 뭘 해도 망할 거
야."

열일곱 살의 나에게 아버지는 웃으며 다가와 귓가
에 속삭였다. "공부도 연애도 결혼도 다 망할 거야.
아무것도 못해, 너는." 나의 불행을 완전히 단정하는
사람처럼 내 미래를 속삭였다. 차분해서 더 무서웠
다. 미움도 슬픔도 연민도 느껴지지 않는, 아주 깨끗
한 의도로 나를 해치는 말이었다.

우리의 마지막 만남이었으므로, 그건 아버지의 마
지막 말이었다. 20년이나 지났지만 여전히 내 마음
에 살아남은 마지막 말. 그야말로 유언 같은 저주였
다. 나는 오로지 아버지의 말로부터 벗어나기 위해

애쓰며 살았다. 그러나 벗어나려 애쓸수록 사로잡혔고, 사람들이 웃으며 건네는 말도 의심하고 믿지 못했다.

아버지는 어째서 그토록 나를 미워했던 걸까. 그러나 내가 느낀 건 미움이 아니었다. 서늘하고 분명하게 귓가에 속삭이는 저주는, 미움보다도 훨씬 커다랗고 복잡한 의도가 깃든 무엇이라는 걸 그저 짐작할 뿐이다. 한 사람을 파괴할 정도로 불행을 바라는 마음은 무얼까. 나는 아직 그 정도로 누군갈 미워한 적도 집착한 적도 없다. 그래서 알지 못한다. 의도도 이유도 알지 못해서, 내가 유일하게 미워하는 단한 사람을 이해도 용서도 할 수 없다.

훗날 드라마를 보다가 나도 모르게 뚝뚝 울었던 장면이 있다. 주인공들 이야기도 아니었고, 그저 조연에 불과했던 한 사람의 말 때문이었다. 연인에게 이별을 고한 딸에게 언제나 무뚝뚝해 보이던 아버지가 담담하게 말했다.

"시간이 지나면 내가 받은 상처보다 내가 준 상처가 더 오래 남더라. 그러니까 너도 너무 깊게 상처 주지 마라."

이런 아버지를 만나보았다면 내 삶은 달라졌을까. 바랄 수 없는 과거를 슬퍼하는 대신, 나는 이 말을 유언처럼 품어야겠다고 생각했다. 너무 깊게 상처 주지 마라.

상처받아보았다는 이유로 무수히 오해받으며 살아왔다. 폭력적인 아버지와 지냈으니, 부서진 가정에서 자랐으니, 소란하고 위태로운 밤을 살아왔으니, 그렇게 살아온 사람은 분명 다른 사람을 상처 주고 말 거야. 그러나 상처받아본 사람은 상처 주는 법을 배우는 것이 아니라, 어떻게든 상처 주지 않는 법을 찾으려고 무던히도 애쓴다. 내 상처 아픈 걸 아니까 다른 사람 아프게 하고 싶지 않은 것이 단순한 진심. 오히려 나도 모르게 실수처럼 주고만 상처에도 오래도록 힘들어한다. 상처받아본 사람일수록 자기가 준 상처를 더 오래 기억한다.

살아가는 동안 나도 어쩔 수 없이 사람을 미워하고 상처 줄지도 모른다. 사람은 존재 자체가 다듬어지지 않은 돌 같으니까. 구르고 부딪치고 떨어지고 다치고. 상처받으며 살아본 이의 삶에는 자잘한 금이 주름처럼 번져 있다. 실금이 간 흰 돌 같은 내 삶을 바라본다. 실금이 번져갈수록 짙어질수록 헌 마음이 부서지는 것이 아니라 새 마음이 태어나려 한다는 걸, 이제는 믿을 수 있다.

여전히 나는 덜 미워하고 덜 상처주려 애쓰며 살고 싶다. 예전엔 두려워서 그랬다면 이제는 내 마음 지키기 위해서. 바라건대, 모두가 제 마음 잘 지키며 살았으면 좋겠다. 너무 깊게 상처 주지 않으면서, 너무 깊게 상처받지 않으면서.

볕을 쬐듯 따스해진다

볕을 쬐듯 따스해진다. 울고 난 얼굴로 출근하는 당신, 평범한 일상을 충실히 지켜낸 당신, 그럼에도 잘 살아보려는 당신이 오늘도 안녕하기를. 아침의 볕처럼 당신에게 도착할 가장 깨끗한 진심.

동료 작가의 책에 추천사를 썼다. 개인적으로도 마음에 드는 흡족한 문장을 쓸 수 있어 흐뭇했다. 이렇게 적고 보니 내가 좋아하는 사람, 내가 되고 싶은 사람이 꼭 이런 사람이었지 싶었다. 환한 마음으로 조용히 충실히 제 삶을 지키는 사람. 눈에 보이는 색깔로 치자면 따뜻한, 오트밀에 가까운 베이지랄까.

소설 『보건교사 안은영』을 읽다가 귀퉁이를 접어둔
페이지처럼.

> 은영의 눈에는 보였다. 두 사람이 만들어 내는 기
> 분 좋은 공기가 시각적으로 보였으니까. 색깔로
> 말하자면 오트밀 색에 가까운 베이지였다. 화려
> 한 색은 아니지만 은영이 늘 동경했던 색이다. 베
> 이지 색이 어울리는 여자가, 혹은 커플이 되고 싶
> 다고 말이다.*

한때는 감정이 오르내리는 사람, 냉소적인 사람,
위태로운 사람들이 좋았다. 빤히 자신을 드러내는
사람들이 매력적으로 느껴졌고, 기꺼이 그들 곁에
머물렀다. 나도 얼마만큼은 그런 사람이었기 때문이
다. 시시때때로 다르게 변하는 감정과 마음을 내 안
에 붙잡아두지 못했고, 어떻게든 꺼내서 내보여야만

---

* 정세랑, 민음사 2015

했다. 누군가의 마음을 아프게 흔들어야만 내 존재가 인정받는 것 같았다. 누군가를 아프고 아프게 하고 나서야, 나 자신이 아프고 아팠다는 걸 알았던 시절도 있었다. 모든 게 언제 변할지 몰라 불안했고, 그 누구도 믿을 수 없어서, 사랑도 뜨겁고 미움도 뜨겁기만 했다. 나 자신조차도 사랑하는 법을 몰랐다.

그랬던 내가 지금은 사람을 사랑한다. 내 마음이 사랑이라는 걸 분명히 알고 있다. 수만 가지 마음을 겪어보고 나서야 알게 되었다. 누군갈 사랑하는 한 노력해야만 하고, 노력하는 한 우리는 사랑할 수 있다고. 말하자면 베이지 색 같은 마음. 화려하지 않아도 따뜻하고 환한, 베이지 마음을 가진 너그럽고 다정한 사람들이 이제는 좋다. 그럴 수도 있지. 네가 다치지 않기를 바라. 언제나 너를 믿어. 아주 작은 것들까지 헤아려보려는 이해심과 아주 작은 상처조차 주고 싶지 않은 조심스러움을 지닌 사람들. 오래 지내도 변함없이 결을 지키며 스며드는 사람들. 타인을 사랑하기 위해 애쓰는 사람들.

사랑을 시작하는 마음은 실로 근사하지 않았다. 사람들이 꺼려하는 마음의 말들. 견디다. 삼키다. 애쓰다. 이런 멈춰 있는 것 같은 말들이 서서히 마음을 움직이게 한다. 좋아하다. 아끼다. 사랑하다. 안아주고 싶은 말들로 이어지기까지 우리는. 그러니까 결국 우리는, '지키다'. 지켜야 한다. 너무 넘치지도 부족하지도 않은 마음으로, 너무 달려가지도 뒷걸음치지도 않는 마음으로.

　나 항상 이 마음을 지키고 싶다. 따뜻하고 환한 베이지 색 마음. 그런 마음을 가진 너그럽고 다정한 사람이 되어야지. 오래 지내도 변함없이 곁을 지키며 스며드는 사람. 시시때때로 변하는 마음의 바탕에는 꼭 베이지 마음을 두어야겠다고. 좋아하고 아끼고 사랑하기 위해서 굳건하게 지키고 싶다.

　별을 쬐듯 따스해진다. 나 항상 이 마음으로 환하고 따뜻하게 사랑해야지.

따뜻함의 적정 온도

한여름 카페에서 뜨거운 물 한 잔을 부탁했다. 호흡기가 민감해 여름에도 뜨거운 커피를 마시는 편인데 때마침 감기까지 걸려 목이 꽉 부은 탓이었다. 한여름에 뜨거운 물을 청하는 손님에게 카페 주인은 차분하게 얘기했다.

"조심하세요. 너무 뜨거우면 다쳐요."

그러곤 뜨거운 물에 얼음 세 알을 넣어주었다.

"얼음이 작아지면 그때 따뜻하게 드세요"라는 당부와 함께.

얼음이 뜨거운 물 위를 휘돌며 조그맣게 사라졌다. 얼음이 녹아든 커피잔을 그러쥐었을 때, 그리고

한 모금 마셔보았을 때 느꼈다. 참 따뜻하다고. 딱 이 정도가 뜨겁지도 차갑지도 않은 따뜻함의 적정 온도일까. 카페 주인에게 받아본 배려를 기억하며 '얼음 세 알만큼만'. 이후로 타인을 대할 때 마음에 새기는 말이 되었다.

폭염에 에어컨이 고장 났다. 무더위에 지친 건 사람뿐이 아니었던지 고장 난 에어컨이 많아서 상담 연결조차 어려웠다. 가까스로 출장 서비스를 예약했지만, 열흘 만에야 수리기사가 방문했다. 폭염주의보가 내린 한낮, 수리기사는 뙤약볕이 내리쬐는 창가에서 마스크까지 착용하고 일했다. 기계를 분리하고 부품을 교체하는 작업이 꽤 복잡했던지, 아님 다음 출장까지 시간이 빠듯했던지 미리 내어준 시원한 보리차를 마실 여유가 없었다. 긴 작업 끝에 드디어 에어컨에서 시원한 바람이 나왔다. 더위에 지친 기사님께 얼음 세 알 넣은 보리차와 얼려둔 생수병을 드렸다.

"고생 많으셨어요. 생수는 가져가서 드세요."

기사님은 단숨에 보리차를 마시더니 웃으며 말했다.

"물이 달아요. 잘 마셨습니다, 선생님."

그러곤 운동화 뒤축을 꺾어 신은 채 다음 출장을 떠났다.

연일 이어지는 폭염에 밖을 나서기 무섭다. 더워도 너무 덥고 습해도 너무 습해서 불쾌지수가 높다. 현관문을 열자마자 숨이 턱 막혔다. 살갗에 달라붙는 더위에 오늘은 또 얼마나 힘들려나 찌푸려졌다. 그때, 이웃집 문 앞에 놓인 얼음물과 메모를 발견했다.

택배기사님, 고생 많으십니다.

얼음물 편히 가져가세요.

퐁당, 더위와 짜증으로 끓어올랐던 마음이 얼음 세 알 넣은 듯 차분해졌다. 금세 녹아 따뜻해졌다.

배려는 얼음 세 알만큼이어도 충분하다. 너무 뜨거우면 다치니까 조심스럽고 세심하게, 그리고 친절하게. 누구에게나 사정이 있어 한여름에 시원한 물이 절실한 사람이 있고, 따뜻한 물이 필요한 사람도 있다. 얼음 세 알만큼의 배려를. 불볕더위가 아무리 뜨겁더라도 마음의 체감온도는 따뜻할 수 있다.

폭염경보 안전 안내문자로 경보음이 울렸다. 택배 기사를 기다리며 송골송골 녹아가는 얼음물을 보며 다짐했다. 오늘도 마주치는 이들에게, 얼음 세 알만큼만.

가을처럼 웃어보기를

10여 년 전 출근길이었다. 계단을 내려오다가 마주친 아랫집 아이가 나를 엄마로 착각해 "엄마!"라고 불렀다. 다섯 살쯤 되었을까. 어린 떡갈나무만 한 작고 둥그런 아이가 앙글앙글 웃으며 나를 올려다보았다. 태어나 누굴 미워한 적일랑 한 번도 없었을 것 같은 눈망울이 초롱초롱했다. 내가 엄마가 아닌 걸 알고서도 아이는 나에게 함빡 웃어주었다.

아이 앞에 멈춰 선 나는 뒷걸음질하고 말았다. 무섭고 두려운 것 말고도, 너무 아름다운 걸 마주쳤을 때도 함부로 다가갈 수 없다고 그때 알았다. 서둘러 출근하던 젊은 나. 그때 나는 뭐가 그리 바빠서 초조

했는지, 뭐가 그리 부루퉁해서 찌푸리고 있었는지 모르겠다. 문득 미간과 어금니에 잔뜩 힘을 주고 있었다는 걸 깨닫고 휘파람 같은 숨을 내쉬었다.

"안녕."

어색하지만 애써 웃어보자 아이가 더 활짝 웃어주었다.

다시 걸음을 옮기는 출근길, 늘 같았던 풍경이 한소끔 달라졌다. 가만히 둘러보니 가을이었다. 볕에 잘 마른 부드러운 천 같은 바람이 뒷머리를 쓸어주었다. 환한 웃음을 마주했을 뿐이었는데 처음 느끼는 뭉클함이 스몄다. 아까의 순간을 허밍을 하듯 곱씹어보았다. 코끝 찡해지는 이런 느낌이야말로 가을이라고 잘 기억해둬야지. 나는 소리 내어 "가을" 하고 말해보았다.

어느새 누가 "엄마!" 부르면 무심코 돌아보는 아이 엄마가 되었다. 어린 떡갈나무만 한 두 아이의 손을 잡고 아침 동네를 걸어 다닌다. 일찍이 곳곳을 정리하고 청소하는 경비원과 환경미화원, 상가를 여는 상인들, 골목을 쓸다가 담벼락에 앉아 볕을 쬐는 노인들 앞에서 우리는 자주 멈춰 선다. 때때로 아이들은 할머니! 할아버지! 부르며 앙글앙글 웃고, 어른들도 세상에 예쁜 걸 보듯이 함빡 웃어준다. 누군갈 길러보았기 때문일까. 오래 살아보았기 때문일까. 바닥을 내려다보는 마음을 가졌기에 키 작은 아이들을 마주 보는 어른들은 너그러운 웃음이 닮았다. 잘 웃는 사람들 곁에서 나는 날마다 웃는 마음을 배운다.

하늘도 낙엽도 바라볼 새 없이 가쁘게 살더라도 곁의 사람들에게 웃어주면 좋겠다. 웃음이 영 어색하다면 이렇게 따라해보면 된다. 소리 내어 "마음"을 말해보기를. 웃음 머금은 얼굴이 된다. 소리 내어 "가을"을 말해보기를. 웃음 짓는 얼굴이 된다. '마음'과 '가을'을 말해보며 웃어준다면 사람들은 틀림없이 마주 웃어줄 것이다. 마음, 허밍 같은 무언가 내 안으로 스민다. 가을, 바람 같은 무언가 바깥으로 퍼진다.

가을바람 코끝에 스치면 안팎으로 따뜻해질 준비를 하자고. 날마다 추워질 테지만 우리는 너그러워지자고. 마주 웃는 얼굴들이 나에게 가르쳐주었다.

귤을 선물하는 계절

　찬바람이 불면 나는 귤을 선물하는 사람이 된다. 골목 어귀에서 마주친 귤 트럭을 지나치지 못하고, 누굴 만나러 가는 길엔 부러 동네 시장을 가로질러 귤을 사들고 간다. 앙상한 겨울 풍경 속에 빼꼼 보이는 말간 겨울 귤일랑 봄꽃송이만큼이나 예쁘다.

　귤. 동그란 귤. 발음해볼수록 입술이 동그래지는 귤. 감싸 쥘수록 손바닥에 동그랗게 안기는 귤. 부드럽고, 말랑하고, 따뜻하다. 시장에서 찬바람을 쐬다가 데려온 귤은 차갑고, 책상에 올려둔 귤은 미지근하지만, 어째선지 나에게 귤은 따뜻하다.

　내가 생각하는 귤의 따뜻함이란 이런 것이다. 좋

아하는 사람을 만나러 가는 길에, 빈손은 좀 그렇고 상대가 부담스러워하지 않는 선에서 뭔가 주고 싶은데, 마침 귤 트럭을 마주친다. 몇 천 원어치에도 제법 묵직하게 귤을 골라 담고서, 달랑달랑 귤 봉지를 흔들며 반가운 사람을 만난다. "귤이에요." 불쑥 내민 귀여운 선물에 우리는 웃음을 터뜨린다. 귤 하나씩 꺼내 조물조물 만지다가 말랑해진 귤껍질을 까고, 달달한 귤을 먹으며 이야기를 나눈다. 헤어질 즈음 노래진 손바닥에선 귤 냄새가 난다. 손을 흔들며 헤어지는 우리의 시간에도 귤 냄새가 배어 있다.

코끝 찡하도록 추웠던 어느 12월에 나는 윤 언니를 만났다. 그때의 나는 사정도 마음도 몹시 추워서 한겨울에도 발목을 드러낸 얇은 스니커즈를 신고 종종 걸어 다니던 추운 애였다. 크리스마스트리가 반짝이고 캐럴이 흐르는 상가 앞에서 언니는 무작정 나를 안아주었다. 언니가 어찌나 반가운지 두서없는 이야기를 쏟아내느라 나란히 걷는 내내 우리 사이엔 하얀 입김이 폴폴 났다. 언니는 따뜻한 밥을 사주었다.

내 이야기를 참견 없이 들어주다가 괜찮다고, 다 괜찮아질 거라고 말해주었다. 헤어질 때에도 언니는 나를 오래 안아주었다.

"나는 겨울이 좋아. 다음엔 봄이 올 거잖아. 수리야, 춥다. 따뜻하게 다녀."

돌아가는 길에 나는 포옹이란 말을 되뇌었다. 사람에게 품이 있다는 건 얼마나 다행인 일일까. 두 사람이 포개어져 온기를 나눈다는 건 얼마나 고마운 일일까. 언니의 말처럼 나는 괜찮아질 수 있을 것 같았다. 그때 누군가가 내 어깨를 붙잡았다. 언니였다.

"이거 가져가. 아까 트럭 지날 때 네가 맛있겠다고 한 게 생각나서." 뛰어온 언니는 가쁜 숨을 고르며 까만 봉지를 내밀었다. 언니의 동그란 얼굴이 발그레했다. 부드럽고, 말랑하고, 따뜻한 마음. 묵직한 귤 봉지를 건네받았다.

"메리 크리스마스."

그러니까 나는 윤 언니에게 배웠다. 코끝 찡하도록 추운 날에 귤을 선물하는 마음을.

별뉘와 만끽

만물이 겨울잠에서 깨어난다는 경칩을 지나자 거짓말처럼 날이 따뜻해졌다. 한낮, 동료 작가와 국밥을 먹고 거리를 걸었다. 속도 따뜻했는데 볕도 참 따뜻했다.

"해를 등지고 걷는 게 좋아요. 등이 따뜻해서 햇볕이 안아주는 것 같거든요."

그의 말에 고갤 끄덕이며 햇볕에 몸을 내맡겼다. 크게 숨을 쉬어보았다. 평온한 날, 누군가와 마스크를 벗고 볕을 쬐며 나란히 걸어보는 산책이 아주 오랜 일처럼 아득하게 느껴졌다. 새삼 이 산책이 감사했다. 동료 작가가 말했다.

"지금을 만끽해요. 한동안 저는 '만끽(滿喫)'이란 단어를 품고 살았어요. 힘든 날들이 길었잖아요. 서로가 서로를 위해 거리를 둬야 했고 원하는 것들도 마음대로 할 수 없고. 오히려 그런 때 '만끽'이란 단어를 생각했어요. 지금을 만끽하자. 일단 내가 할 수 있는 것들에 최선을 다하자. 하루에 어느 순간만큼은 마음껏 누리자고요. 만끽하는 일은 매일의 작은 성취이자 작은 기쁨이었어요. 그래서일까요. 여느 때보다 힘든 시간을 보냈지만 소소하게 만끽했던 순간들이 소중하게 남아 있어요."

만끽하자. 낯선 단어를 소리 내어 말해보는 것만으로도 힘이 차올랐다.

"수리 씨에게도 그런 단어가 있나요?"

마침 바람이 불었다. 흔들리는 가로수 이파리 사이로 조그마한 볕들이 일렁거렸다. 나에겐 이 단어였다.

"볕뉘. 제가 좋아하는 햇볕의 이름을 알게 됐어요. '작은 틈을 통하여 잠시 비치는 햇볕'이나 '그늘진 곳에 미치는 조그마한 햇볕의 기운', 그리고 '다른 사람으로부터 받는 보살핌이나 보호'를 뜻하는 순우리말이래요. 겨우내 자주 볕뉘를 찾아 걸었어요. 한겨울엔 나무들도 앙상해서 볕뉘를 만나기 힘들어요. 그렇지만 어딘가에는 조그마하게 햇볕이 비치는 때가 있더라고요. 골목과 골목 사이, 조금 열린 창문 틈, 깨진 담벼락 같은 곳들. 그늘진 자리마다 잠시나마 비치는 조그마한 볕들이 좋았어요. 그 자리들을 오래 지켜보다 보니 봄이구나 깨닫는 때가 있었어요. 봄이 되면 볕뉘가 머물던 틈마다 작은 풀이 돋아나요. 돌 틈에서 민들레가 피기도 하고요. 어쩐지 감동적이죠."

"볕뉘와 만끽, 단어들이 우릴 안아주는 것 같네요."

일렁일렁. 우리는 가로수가 만든 볕뉘 아래 멈춰서서 조그마한 볕들을 잠시나마 만끽했다.

"따뜻해요."

우린 웃었다.

작은 틈 사이로 손바닥을 내밀고 볕뉘를 쬐던 순간을 기억한다. 그 자리엔 민들레가 피어 있었다. 볕은 머문다. 볕은 따뜻하다. 제자리에 머물며 서로에게 볕뉘 같은 보살핌을 나누던 우리의 나날도 분명 따뜻했으리라. 이제는 겨울잠에서 깨어난 마음으로 밖으로 나가 함께 봄볕을 만끽해도 좋겠다.

작은 불빛 하나가 반짝, 켜졌다

깊은 아침에 일어난다. 아직 밤 같은 깜깜한 새벽, 따뜻한 머그잔을 감싸 쥐고 창가로 향한다. 차를 마시며 창밖을 본다. 가만히 지켜보고 있노라면 어딘가에서 반짝, 아주 작은 불빛이 켜지는 순간을 만난다. 거기 사람이 있었군요. 이어서 반짝. 또 반짝. 예상할 수 없는 곳들에서 불빛이 하나씩 켜진다. 그런 불빛을 목격하는 순간에는 충실한 하루를 보낼 수 있으리란 마음의 스위치가 달깍 켜지는 것 같다.

깊은 아침에 밝아오는 창밖을 바라보는 일은 내가 오래도록 사랑한 아침의 일이었다. 아직 잠들어 있는 세상에 홀로 깨어 있는 기분이란 밤새 쌓인 눈을 처음 밟고 걸어가는 사람의 마음처럼 뽀드득하게 행복하다. 밤이 긴 겨울에는 7시 무렵에도 깜깜하다. 봄이 가까워지면서 6시 반쯤부터 어슴푸레 아침이 밝아오고, 초여름에는 5시 무렵부터 하늘이 푸르스름하다. 아침이 환히 밝아올 때까지도 하늘에는 오래도록 달이 떠 있다. 아침에 뜬 달을 올려다보면, 홀연히 깨어 있는 지금이 묘한 시간의 경계 언저리인가 싶어져 매일이 낯설고 새롭다.

겨울 아침, 4시 반쯤 일어났다. 깜깜한 밖에는 비가 내리고 있었다. 창문을 조금 열어두고 빗소리를 들으며 어제의 일기를 썼다.

요 며칠 아무것도 쓰지 않았다. 내내 집에 머물렀다. 아이들과 밥을 지어 먹고, 청소를 하고, 읽던 책 또 읽고, 봤던 영화 또 봤다. 소설 『단순한 진심』과 영화 「원더풀 라이프」를 보면서 나에게 '집'은 어떤 의미일지 생각했다. 바닥에 등을 대고 누워 천장을 올려다보며 세탁기 돌아가는 소리를 오래 들었다. 문득 나에게 집이 생겼구나. 비로소 '우리 집'이라는 실감이 일었던 때가 떠올랐다. 오래전, 젖은 머리를 아무렇게나 늘어뜨리고 가만히 누운 채 열어둔 창문으로 불어오던 바람을 느끼던 어느 저녁에. 나는 돌아왔다고 생각했다. "다녀왔어." 소리 내어 말하면 반겨줄 사람이 여럿 생겼고, 나는 그들을 지키고 싶은 단순한 진심으로 살아가고 있구나. 여기, 내가 있어야 할 곳으로 무사히 '돌아왔다'라는 안도와 기쁨을 느꼈다. 이런 현실이 비현실적으로 느껴져서 꿈을 꾸는 기분이 든다. 단순히 이름이 마음에 들어서 사둔 차를 꺼내 우렸다. WINTERDREAM — 겨울의 꿈. 따뜻한 '겨울의 꿈'을 마시면서 일기를 쓴다. 돌아왔다.

창밖은 겨울, 아침은 7시 무렵부터 희붐히 밝았다. 베란다로 나가 창문을 활짝 열었다. 머그잔에 따뜻한 '겨울의 꿈'을 우려 마시며 아침이 오는 모습을 지켜보았다. 비를 뿌리는 먹먹한 하늘은 바다에 잠긴 듯 푸르고 차분했다. 두툼한 카디건 털실 틈으로

겨울바람이 스며들었다. 어슴푸레한 새벽의 자락에
선 비 냄새가 났다. 색채가 없는 조용한 건물들을 내
려다보고 있노라니 낯선 도시에 도착한 여행자가 된
것 같았다.

그때 푸른 건물들 사이에 작은 창문 하나가 반짝,
켜졌다. 그날의 첫 번째 불빛이었다. 안녕, 낯선 사람.
오늘은 아침이 느리게 올 것 같으니 느긋하게 준비해
도 괜찮겠어요. 창밖을 좀 내다보아도 좋겠어요. 비
가 내리고 있거든요. 겨우 반짝이는 불빛 하나일 뿐
인데 나는 외롭지 않았고 도시는 낯설지 않았다.

「Here comes the sun」을 찾아 들었다. 1969년 겨
울, 에릭 클랩튼의 집에 머물렀던 조지 해리슨은 아
침 해가 떠오르는 모습을 보고 이 노래를 만들었다.
1971년에는 니나 시몬이 피아노를 연주하며 이 노래
를 불렀는데, 나는 니나 시몬이 부른 이 버전을 가장
좋아한다.

little darling, It's been a long cold lonely winter.

소중한 사람, 정말 춥고도 외로운 긴 겨울이었어요. 귓가에 니나 시몬이 속삭이듯 노래하고, 나는 그 목소리를 믿는다. 봄 오기 전이 가장 춥고 해 뜨기 전이 가장 어둡지. 아무리 춥고 깜깜한 날들이 이어져도 어김없이 해는 뜬다.

아침을 맞이하는 사람들을 생각한다. 창밖에 날마다 뜨는 해가 경이롭게 느껴진다면 당신은 생의 한가운데 서 있는 사람일 것이다. 돌아보는 사람, 응시하는 사람, 깊이 듣는 사람, 말을 아끼는 사람, 어깰 내어주는 사람, 쓰다듬는 사람, 걱정하는 사람, 안아주는 사람, 미소 짓는 사람. 아마도 당신은 한껏 살아본 사람, 사랑해본 사람.

밝아오는 아침을 바라본다. 지금 따뜻하게 마시고 있는 차의 이름처럼 이 아침의 일에 이름을 붙인다면 'MORNINGHOPE-아침의 희망'이라 부르고 싶다. 아침에는 우리 희망을 가지자. 해가 뜨면 다 괜찮아질 거야. 아침이 오면 다 괜찮아질 거야.

긴긴밤이 지나면 어김없이 아침이 밝아오고 다가

오고, 돌아온다. 매일의 아침은 그저 다가오는 것뿐 아니라 다시 돌아오는 거라고 믿는다. 떠났다가 다시 돌아오는 걸음의 수고로움과 고마움, 마주치고 다시 마주 보던 눈길의 새로움과 신비로움. 사는 동안 만나본 사람들이 나에게 가르쳐준 희망의 속성이었다.

반짝. 또 하나의 불빛이 켜졌다. 겨울의 꿈, 따뜻해지려는 우리의 모든 시도. 아침의 희망, 밝아지려는 우리의 모든 걸음. 비 내리는 겨울 아침에 생의 한가운데 서서 가만가만 노래를 따라 부른다. 해가 떠오르네요. 다 괜찮을 거예요.

here comes the sun, here comes the sun.
and I say it's all right.

선명한 사랑

ⓒ 2023

초판 1쇄 발행일 2023년 11월 10일
초판 3쇄 발행일 2024년 8월 1일

지은이 고수리
발행인 이지은
마케팅 전준구
디자인 송윤형
제작 제이오

발행처 유유히
출판등록 제 2022-000201 호 (2022년 12월 2일)
ISBN 979-11-981596-7-0 03810